Aus den Tiefen der Sieg

Maria Reinartz

Krimi

ratio books

Die Handlung in diesem Krimi ist erdacht. Ähnlichkeiten mit real existierenden Personen oder Ereignissen sind zufällig und nicht beabsichtigt. Orte, an denen die Geschichten spielen, dienen lediglich der Illustration und stehen in keinem tatsächlichen Zusammenhang zu den geschilderten Vorfällen.

Maria Reinartz

Aus den Tiefen der Sieg

Krimi

1. Auflage

Titelfoto von Bruno Reinartz

Impressum
ratio-books • 53797 Lohmar • Danziger Str. 30
info@ratio-books.de (bevorzugt)
Tel.: (0 22 46) 94 92 61
Fax: (0 22 46) 94 92 24
www.ratio-books.de

ISBN 978-3-939829-46-1

published by

ratio books

Abraham Lincoln, 16. Präsident der USA:
„Halte Dir jeden Tag dreißig Minuten für Deine Sorgen frei, und in dieser Zeit mache ein Nickerchen."

... oder lese einen Krimi

Maria Reinartz, hier geboren und geblieben, in Troisdorf-Bergheim an der Sieg.
Inspiriert von der Kraft der Mythen der Natur ihrer Heimat, aufgewachsen mit sagenumwobenen Erzählungen.
Widmet auch diese Geschichte den Freunden der Siegaue und der Spurensuche für die Wahrheit.

www.siegauenkrimi.de

Prolog

Es war die Sieg, mit ihrem dunkelsilbrigen Wasser. Mit ihren verborgenen Strudeln, wo es, wie abgeschnitten, in die Tiefe ging, dort wo sie ihre Todesstrudeln verbarg. Die Mystik dieses Flusses, der über dicke Basaltsteine übermütig floss und an seichtem Auenufer liebenswürdig plätscherte, verzauberte ihn. Er starrte auf das Gesicht, dass sich im Wasser spiegelte. Eine Mischung aus Hass und Ablehnung wallte in ihm auf. Das Wasser gurgelte. Kleine Strudeln, wie mit einem Kreisel, zerrten sein Gesicht in den Abgrund, bis es nicht mehr erkennbar war. Aus seinem Mund rauchte der schwere Atem. Unheimlich, im Nebel des Morgengrauens kreiste der Bussard mit seinen weiten Schwingen über ihm. Er verfolgte einen Augenblick diesen Flug.

Sein Atem beruhigte sich. Er musste zurück zum Ufer. Mit jedem Schritt, den er auf die mächtigen Bäume zuging, löste Wut und Enttäuschung sich auf, als höre er der Bäume Stimme. Er kletterte rutschend über die nassen Steine. Jetzt fühlte er es. Endlich. Unter einem überirdischen Schutz zu stehen. Stolz und Macht waren seine Brüder.

Plötzlich beugten sich die mächtigen Baumkronen der Halbinsel Kemper Werth. Der wilde Wind rauschte darüber hinweg und der Sturm quoll hervor aus den tiefen Gründen der Sieg. Alles Mysteriöse sog er auf. Das Wasser schäumte. Die Halbinsel stemmte sich dagegen, um das Geheimnisvolle umzuwandeln und in einer Brise dem Rhein zu übergeben. An der magischen Mündung der Sieg in den Rhein. Die Zeit war reif. Er fühlte jetzt die Kraft der Mächtigen aus den Tiefen der Sieg und würde entscheiden über Leben und Tod. Endlich würde man ihn respektieren. Seine Wahrheit als die richtige erkennen.

1: Dienstag, früher Morgen

Es war Dienstag, ein trüber Himmel verdrängte die Morgensonne dieses Junitages. Die Bonner Leitstelle nahm den Notruf entgegen. Ein Mann soll an einem Pfeiler unter der Brücke der L 269 liegen, ca. zehn Meter von der Siegfähre Bergheim entfernt. Es sei Blut zu sehen und er bewege sich nicht. Der Eingang dieses Anrufs wurde mit 7:50 Uhr protokolliert. Eine Streifenwagenbesatzung und ein Rettungswagen trafen um 7:55 Uhr am Tatort ein. Die Erstmeldung des Polizeihauptmeisters, Gerd Knecht, über Funk lautete: „Tod einer männlichen Person, liegt auf dem Rücken, komplett bekleidet. Außer einem Schuh, der am rechten Fuß fehlt, dieser liegt ca. einen Meter entfernt. Verkrustetes Blut unterhalb einer Kopfwunde. Entstellte Gesichtszüge. Der Melder, Wirt des Restaurants ‚Siegfähre', kennt ihn persönlich. Informiere den Leiter/KK 1."
Der leitende Kriminalhauptkommissar Willi Röttgen im Bonner Präsidium informierte umgehend den Kommissar der Tagesbereitschaft Troisdorf, Kaspar Heimberg.
„Kaspar in Deinem Einzugsgebiet, Bergheim, unter der Brücke L 269, Nähe Siegfähre, liegt eine männliche Leiche. Mordkommissions-Bereitschaft mit Spurensicherung und Gerichtsmedizin sind alarmiert, bin mit der Staatsanwältin in 30 Minuten vor Ort. Bringe Deine Jungs mit."
„Nach telefonischem Kontakt des L/KK Röttgen und den Polizisten vor Ort sei kein Menschenauflauf am Fundort, nur Angestellte des Restaurants und zwei Hundebesitzer. Die weiträumige Absperrung erfolgt um 8:05 Uhr. Um 8:15 Uhr wird mit der Aufnahme der Personalien der anwesenden Personen begonnen", stand später im Einsatzprotokoll.
„An der Siegfähre? Eine Leiche? Do wollt ich eijentlich erst zum Ovendesse hin", murmelte Kriminalhauptkommissar

Kaspar Heimberg und zog seine Augenbrauen zusammen. Fast gleichzeitig nahm er seine, in die Jahre gekommene schwarze Lederjacke von der Stuhllehne, fuhr mit seinen gespreizten Fingern durch sein volles, weißes Haar und rief zu Frank und Guido: „Kollejen, schnell, wir haben Arbeit und fahren mit zwei Autos. Mir reicht der Fiesta, die Leich jeht net loove."
Kaspar gab die Code-Nummer ein und die Tür zum Fuhrpark öffnete sich.
„Geht es dir nicht gut, Kaspar?", wollte sein Kollege Frank Junk wissen.
„Een Leiche an der Siegfähre und hück Ovendesse zum 70. Jeburtstag vom Heinrich von Berg, do widd wohl nix us däm jemütliche Ovend."
Seine Stimme klang ungewöhnlich nervös.
„Wenn es spät wird heute Abend, regeln wir das schon, genieße Deine Einladung", meinte der junge Kollege Guido mit einem Augenzwinkern.
Die kleinen hellblauen Augen unter den buschigen Brauen sandten Blitzpfeile. Das faltenreiche Gesicht seines Chefs, Kaspar Heimberg, veränderte sich in eine furchige Mondlandschaft und ein Blick auf den augenrollenden Kollegen, Frank, zeigten ihm blitzschnell: Falsch gedacht.
„Frank, erzähl mal dem Kommissaranwärter Guido, MK ist eine Mordkommission im Teamwork und der Chef kommt erst zur Ruhe, wenn der Mörder gefasst ist und gönnt sich dann einen gemütlichen Abend mit Herrengedeck in der Kneipe beim Schorsch!" „Und redet fast nur noch Hochdeutsch, denkt aber im Dialekt", schmunzelte Frank.
„So isset. Also los!"
Frank grinste und warf Guido den Schlüssel für den Audi zu. Den er mit seinen 1,90 m entspannt aufschnappte.
Kaspar fuhr mit seinem Dienstauto voraus Richtung Neubau Einkaufscenter, das frühere Bürgerhaus, rechts auf den Williy-Brandt-Ring. Guido, wie ein neugieriger großer Jun-

ge, spürte die innere Spannung auf diesen neuen Fall und wunderte sich, warum Frank so lange schwieg.
„Wie lange bist Du schon mit dem Alten in der Abteilung?"
„Fünf Jahre arbeiten wir zusammen", erwiderte Frank ohne seine Augen von der Fahrbahn zu lassen.
„Nervt der Dialekt nicht manchmal?", meinte Guido und schaute Frank schief an.
„Nä", versicherte Frank mit einem Lächeln, „es gehört zu ihm." Frank schüttelte unmerklich den Kopf. Guido wusste noch nicht so recht, wie er Kaspar Heimberg einordnen sollte. „Hey, neben uns fährt der Sommer", scherzte er und meinte die junge Frau, die mit fröhlichem Gesicht sich des Lebens zu erfreuen schien. Ihr rotes, langes Haar hatte die gleiche Farbe wie ihr Cabriolet.
„Mensch Guido, Am Autobahnkreuz rechts Dreieck Beuel und rechts den Schildern Richtung Koblenz folgen."
„Erschrecke mich doch nicht", entfuhr es Guido und atmete durch.
„Dann fahre bei der Ausfahrt Beuel Richtung Niederkassel und konzentriere dich auf die Siegaue." Für die Schönheit der weitläufigen Siegaue mit ihrer urwüchsigen Natur hatten jetzt beide keinen Blick.
„Der Chef hat aber ein Tempo drauf, er biegt bereits von der Oberstraße ab."
„Tja, Du solltest ihn nie unterschätzen", meinte Frank dazu.

Als Kaspar in die Siegfährenstraße einbog, spürte er, wie tief im Innern seines Körpers eine ihm wohlbekannte Unruhe aufzog. Heinrich von Berg hat ihm die Siegaue ans Herz gelegt. Jeden Meter weiter bis unter die Brücke L 269 war ihm alles so wohl vertraut. Ein großes Aufgebot an Polizeiwagen war vom Dorf aus zu sehen. Das Dorf lag erhöht hinter ihm und vor sich der Beginn der urwüchsigen Siegauenlandschaft. Kaspar fragte sich, ob das Wirklichkeit sei, eine Leiche an der Siegfähre.

„Die Halunke losse sich noch net mol von der wunderbaren Natur ablenke."
Die Dammwege kreuzten die Siegfährenstraße. Sie parkten vor den Absperrungen, hinter dem Streifenwagen von Gerd Knecht. 08:35 Uhr wurde im Protokoll festgehalten, als die Troisdorfer Tagesbereitschaft vor Ort eintraf.
„Hier ist es", erklärte Willi Röttgen, der bereits am Tatort eingetroffen war. Kaspar sah ungläubig auf die leblose Gestalt, ein beängstigendes Zittern seiner Lippen ließen keinen Laut heraus. Sein Atem stockte, seine Gesichtshaut glich einem weißen Blatt. Für einen kurzen Moment schwammen seine Augen wie in einem schwarzen Vulkansee. Frank und Guido hatten ihn noch nie so erregt gesehen.
„Kaspar, was ist los", wollte Frank wissen und zupfte ihn behutsam am Ärmel.
Kaspar war irritiert über die Ungeheuerlichkeit dieses Geschehnisses und fragte sehr leise: „Was ist hier passiert?" Mehr bekam er nicht raus.
„Ich bin Dr. Tim Baltes und der diensthabende Pathologe", stellte sich ein jugendlich, sympathisch wirkender Mann vor. Seine auffallend hellblauen Augen waren auf Kaspar gerichtet.
„Das ist Heinrich von Berg, sein Personalausweis war in seiner Geldbörse. Er war wohl eine bekannte Persönlichkeit, bekundete der Wirt."
„Seine Einladung", hauchte Guido Frank ins Ohr.
„Ich kenne ihn", brachte Kaspar mühsam heraus.
„War es ein Unfall oder ein Tötungsdelikt?", stellte Willi Röttgen die Frage mit einem besorgtem Blick auf den Troisdorfer Kollegen Kaspar Heimberg.
„Auf den ersten Blick könnte man von einem Unfall ausgehen, vielleicht ein Herzinfarkt und das Opfer schlägt unglücklich auf einen Stein."
„Und der zweite Blick?" Frank wurde ungeduldig. Tim Baltes holt tief Luft.

„Eine Atemlähmung, wie bei einer Vergiftung, führte wahrscheinlich zum Tod. Getrockneter Schaum ist an seinen Mundwinkeln und ich rieche säuerlich erbrochenen Tabak. Der Wirt gab zu Protokoll, dass der Tote Nichtraucher war."
Kaspar nickte. Das Handy von Willi Röttgen meldete sich und er ging ein paar Schritte seitwärts bis zur Absperrung. Kaspar trug bereits seine Handschuhe.
„Was ist mit der Kopfwunde? Durch einen Sturz entstanden?", wollte Kaspar wissen.
„Nein, die muss ihm vom Täter zugefügt worden sein, so wie die liegt. Du kennst doch die Hutkrempenregel, oder? Der Schlag war kräftig, aber nicht tödlich. Diente wohl zur Ablenkung."
Kaspar schaute sich die Wunde am Hinterkopf an.
„Ja, klar kenn' ich die Regel. Verletzungen über der gedachten Hutkrempe stammen in den allermeisten Fällen von Schlägen und nicht von Stürzen."
„Und er wurde gefesselt, ich erkenne Druckstellen wie ein Armband an den Handgelenken", gab Guido zu bedenken, der mit flinken Augen die Leiche begutachtete.
„Ja, genau", nickte Baltes zu Guido.
„Wie lange ist Heinrich von Berg tot?", erkundigte sich Kaspar, der Guido zuvor ein lobendes Nicken zeigte.
„Ungefähr 10-12 Stunden", antwotete Baltes.
„Tod am späten Abend, vor Mitternacht. Heinrich wat wollste he um die Zigg?", murmelte Kaspar und rieb sich das Kinn. Die Staatsanwältin sah ihn erwartungsvoll an.
„Das wusste man nie so genau bei ihm; wenn ihn ein Thema packte, war er unterwegs", sagte er zu ihr.
„Herr Heimberg, auf ein Wort", unterbrach Frau Dr. Blum und ging mit ihm zu Willi Röttgen.
„Es wurde soeben ein weiteres Tötungsdelikt mit zwei Messerstichen im Brustbereich in der Bonner Innenstadt gemeldet. Herr Röttgen muss gleich an den Tatort. Wir bilden zwei MKs, Herr Röttgen übernimmt Bonn, weil es in seinem

Einzugsgebiet liegt, und Herr Heimberg übernimmt das Tötungsdelikt Bergheim. Bitte meine Herren!"
Über Funk gab Polizeihauptmeister Gerd Knecht an die Leitstelle durch: „9:05 Uhr Tatort an die MK übergeben."
Frau Dr. Blum drückte ihre modische Duttfrisur zurecht und wandte sich dem Pathologen zu.
„Herr Dr. Baltes bitte zum nächsten Tatort in Bonn." Die Staatsanwältin war bereits auf dem Weg zu ihrem Auto.
Willi Röttgen warf noch einen Blick auf seinen Kollegen. „Ist das in Ordnung für dich, Kaspar?"
„Ja, Willi, die Mordkommission ‚Bergheim' führe ich." Mord an Heinrich von Berg kam ihm noch nicht über die Lippen.
Frank reichte Kaspar das bisherige Einsatzprotokoll. 7:50 Uhr hatte der Wirt die Meldung gemacht. Sein aufgeschlagenes kleines Notizbuch erhielt alle möglichen Informationen.
„Wie weit sind die Kollegen mit der Aufnahme der Personalien?", fragte Kaspar nach.
„Darum kümmere ich mich", beeilte sich Guido zu sagen.
Kaspar stand aufgewühlt bei seinen Kollegen. Guido kannte noch nicht das mystische Ufergelände der Sieg und orientierte sich über Fluchtwege.
„Hinter dem Damm ist man ja flugs auf der L 269 in Richtung Bonn oder Niederkassel." Frank nickte und schob seine randlose Brille auf der Nase zurecht.
„Oder er könnte mit dem Fahrrad über die Dammwege schnell verschwinden. Entweder Richtung Müllekoven, Eschmar, Sieglar oder die andere Richtung an der Sieg vorbei bis zur Siegmündung, um den Mondorfer Hafen und alle Richtungen stehen ihm offen."
Plötzlich krachte über Guido ein Riesenvogel in einen morschen Ast. Schweiß trat ihnen aus allen Poren.
„Genauso könnte er hier in der Gegend sein. Das unwegsame Gelände für sich zu nutzen, wenn er sich auskennt", meinte Kaspar und straffte sich.

„Was denkst Du, ist es ein geplanter Mord?“, thematisierte Frank ernst.
„Sieht auf den ersten Blick so aus“, meinte Kaspar angespannt. „Den Mord an mingem Fründ Heinrich nämme ich persönlich.“
Umständlich holte er ein Taschentuch aus seiner Lederjacke und schnäuzte sich sehr laut. Frank rieb nachdenklich über seinen Dreitagebart. Seine großen braunen Augen zeigten Mitleid für den Chef und er klopfte ihm leicht auf die Schulter. Guido, der bereits wieder neben ihnen stand, erkannte die emotionale Situation, schob motiviert sein kantiges Kinn vor und zupfte an seiner modisch sportiven schwarzen Fleecejacke ein paar Staubpartikel weg.
„Die Personalien sind alle aufgenommen, wir beginnen gleich mit der Befragung.“ „Gut.“
Kaspar hielt sein Handy unschlüssig in der Hand und steckte es gleich wieder in seine Brusttasche. „Zentraler Erkennungsdienst – ZED“ stand auf dem Koffer, den Otto öffnete.
„Otto, Deine Spusi-Kollegen sollen jeden Stein umdrehen, jede nur so kleinste Spur ist wichtig. Denkt auch an einen Stein, der blutverschmiert sein könnte. Draht, Kordel oder Ähnliches, alles, womit der Täter sein Opfer gefesselt haben könnte.“
Otto nickte. „Kollejen, lasst uns keine Zeit verlieren.“
Wer Guidos Anruf bei der Ermittlungsabteilung verfolgte, würde sich wundern. „Kriminalkommissariat Troisdorf, Nikki Schneyder.“
„Nikki, überprüfe bitte folgende Adressen, die ich dir jetzt durchsage. Das sind Mitarbeiter des Restaurants und zwei Hundebesitzer und überprüfe die Daten des Wirtes. OK ist mit seiner Spusi-Mannschaft hier. WW rufe ich selber an, der Bonner Pathologe musste zum Tatort Bonn weg.“
„Klar Guido.“
Kaspar schüttelte den Kopf. Wie würden die Kollegen wohl seinen Namen abkürzen? Otto Knopp als OK und Dr. Wil-

fried Winkler als WW hatte Nikki erfunden. Frank und Guido schauten ihm nach, als er mit hängenden Schultern zum Auto ging.
„Was geht in ihm vor?", raunte Guido.
„Es ist belastend, den Mord eines Freundes aufklären zu müssen", sprach Frank sehr ernst.
Kaspar drehte sich nicht mehr um und fuhr weg in Richtung Dorf.
Frank erklärte zu Guido gewandt: „Und was den Ablauf betrifft, sich hineinversetzen, erfassen, ermessen, Parallelen ziehen, haben eine große Bedeutung bei der berufspraktischen Zeit als Kommissaranwärter."
„Bin wohl zu impulsiv", lächelte Guido Frank breit an.
„Mensch Guido, das ist mein Ernst, sonst schmeißt dich der Chef aus der Abteilung. Lass dich nicht von seinem gutmütigen Dialekt täuschen!" Guido nickte übereifrig.

2: *Dienstag, 9:30 Uhr*

Kaspar hielt nach zwanzig Metern an. Bergheim, das Dorf, lag erhöht. Unmittelbar rechts vor ihm im Hang das Haus derer von Berg, Heinrichs Haus. Schweißtropfen standen auf seiner kalten Stirn. Er griff wie automatisch zu seinem Handy. Lissy musste er anrufen, bevor sie sich auf den Weg zur Vorbereitung der Geburtstagsfeier ihres Vaters machte.
„Hier ist der AB von Lissy von Berg, bitte sprechen sie."
Kaspar schluckte trocken. Einen kurzen Augenblick Ratlosigkeit drückte sich ihm auf die Luftröhre. Er machte die Autotür auf.
„Wo finge ich dat Lissy?", fragte er sich besorgt.
Lissy hatte ihre kriminalistische Ausbildung in Wiesbaden mit Bravour beendet und im Dienstaustausch bei ausländischen Behörden Erfahrungen gesammelt.

„Sie ist noch auf einen Kurztripp nach Ägypten und ist pünktlich an meinem Geburtstag zurück“, berichtete ihm Heinrich von Berg vor ein paar Wochen, als er ihm telefonisch die Einladung zu seinem Geburtstag mitteilte.
In einer Woche war ihr Dienstbeginn als Hauptkommissarin für Kunstraub Bonn/Rhein-Sieg im Troisdorfer Polizeigebäude. Als das vorbeifahrende Taxi um Haaresbreite seine Autotür gerammt hatte, klopfte sein Herz bis zum Hals, denn er hatte das Auto nicht kommen sehen, aber in einem Sekundenbruchteil die Beifahrerin. Lissy!
„Verdamp, verdamp, wer hat Lissy informiert?“, schrie er dem Taxi hinterher und riss sein Steuer herum, um sein Auto in Richtung Siegfähre zu drehen und fuhr ihr hinterher.
Vor dem rot-weißen Absperrband zwischen den Brückenpfeilern standen Frank und Guido.
„Hast Du die Informationen des Arztes notiert?“, befragte Frank den Jüngeren.
„Ja“, erwiderte Guido, der dem herannahenden Taxi neugierig entgegensah.
„Ist wohl schon die Presse vor Ort“, meinte er höhnisch.
„Der Dame zeige ich gleich die rote Karte“, schimpfte er.
Lissy sprang aus dem Auto, bückte sich unter das Band und lief zur Leiche. Alles Rufen Kaspars, der mit einem scharfen Bremsen sein Auto hinter dem Taxi zum Stehen brachte, war umsonst. Er kam zu spät.
„Schnauze halten“, zischte Frank zwischen geschlossenen Zähnen, um Guido abzublocken, der im Begriff war, Lissy zu stoppen. Mit eisenhartem Griff hielt Frank Guidos Arm fest. Und gleichzeitig spürte er den dicken Kloß in seinem Hals. Die plötzliche Erinnerung an Rosenmontag vor einigen Jahren schnürte Frank die Luft ab. Als er angetrunken mit der beschwipsten Lissy ein paar Stunden an der Theke verbrachte. Sie warf bei einem Telefonat nach den Karnevalstagen Frank vor, dass er ihren Heimaturlaub ausgenutzt habe, um sie mit Alkohol abzufüllen. Frank zog den Reiß-

verschluss seiner braunen Lederjacke zu, als ob er sich verschanzen wollte, und bemühte sich, Lissy nicht anzusehen.
„Vater", flüsterte sie und hielt beide Hände vor ihren Mund, um nicht laut loszuschreien.
„Warum ist er tot?", fragte Lissy unter Tränen und schaute mit verzweifelten Blick auf den Arzt. Sie starrte auf die geschlossenen Augenlider.
„Was ist ihm passiert? Wieso hat er eine Kopfwunde?"
„Lissy, das Unglück muss untersucht werden. Dein Vater ist vermutlich keines natürlichen Todes gestorben. Es gibt Anzeichen, dass sich Gift in seinem Körper befindet", wählte Kaspar sorgfältig seine Worte.
„Vergiftet? Mord?", stieß sie hervor.
„Ja, das wird untersucht. Sie dürfen ihn nicht berühren wegen der Spuren, die noch gesichert werden müssen", befahl Guido in einem rauen Ton.
Lissys erstaunten Blick auf Frank sah niemand. Kaspars Gesicht lief deshalb tomatenrot an. „Guido wir sprechen uns später."
In diesem Moment wusste Guido, als er den Chef in reinem Hochdeutsch hörte, dass er wieder unsensibel vorgegangen war. Mit seinen 24 Jahren fehlte ihm auch noch eine Menge Lebenserfahrung. Kaspar berührte Lissy leicht am Arm.
„Komm mit, lass uns zum Siegufer gehn."
Widerwillig ging Lissy mit ihm zu einer der ältesten und letzten Gierseilfähren Deutschlands. An diesen besonderen Flecken, kurz vor der Einmündung der Sieg in den Rhein. Das Vorgängermodell „Sieglinde" der jetzigen Gierponte war abgelegt am Flussufer und diente als Pflanzkübel. Mit ihrem Rücken lehnte Lissy sich an einem Buchenstamm und schaute Kaspar mit großen ungläubigen Augen an. Der Morgenwind raschelte in den Wipfeln. So viele Antworten wollte sie finden.
„Was hat er am Kopf? Und wieso vergiftet? Das kann nicht wahr sein, wieso liegt mein Vater dort im Dreck und ist tot?"

Mit einem mulmigen Gefühl fragte Kaspar: „Was wollte er gestern Abend hier? Hatte er einen Ortstermin?"
„Ich bin erst gestern zurückgekommen und hatte ihn noch nicht gesprochen. Das ist so unglaublich", schnäuzte sich Lissy.
„Ich muss mit dem Wirt reden, willst Du dabei sein?"
„Ja Kaspar, ich muss wissen, was Alex weiß. Aber ich will auch gleich wieder zurück zu meinem Vater", stöhnte Lissy leise. Obwohl sie sich schwindelig fühlte, als ob sie angetrunken wäre, gewann das Verlangen nach einer Erklärung die Vorherrschaft in ihrem Bewusstsein.
Der Wirt Alex kam auf Lissy zu und schloss sie in die Arme. Sie waren Schulfreunde. „Wann haben Sie gestern Schluss gemacht?", begann Kaspar seine Ermittlung.
„Montag ist Ruhetag, da fahre ich abends nur mal hierher, um nach dem Rechten zu schauen. Das war gestern ca. 20 Uhr."
„Und Sie gehen auch um die Pfeiler, die doch ein paar Meter entfernt vom Restaurant sind?"
„Mit der Taschenlampe leuchte ich die direkte Umgebung aus, ob es sich jemand hier gemütlich gemacht hat oder ob tote Tiere hier liegen. Inmitten der Natur ist man einigem ausgeliefert, da muss ich schon selber kontrollieren."
„Wann machen Sie an den anderen Tagen Schluss?"
„Dienstag und Mittwoch so ca. 22 Uhr und zum Wochenende hin wird es später." „Abends ist es unter den Pfeilern doch absolut dunkel?"
„Ja, meine Angestellten und ich parken direkt neben dem Restaurant, um nicht im Stockdunklen ins Auto zu steigen."
„Wann sind Sie heute Morgen hier angekommen?", erkundigte sich Kaspar bei dem Wirt.
„Um 8 Uhr bin ich als erster hier. Mein Personal trifft um 8:30 Uhr ein, um das Frühstücksbüfett herzurichten, das ab 10 Uhr beginnt. Aus einem Gefühl heraus bin ich zum Parkplatz unter den Pfeilern gegangen und fand Heinrich dort

liegen. Er bewegte sich nicht und bei näherem Hinschauen sah ich getrocknetes Blut neben seinem Kopf und habe deshalb sofort den Notruf gewählt."
„Haben Sie ihn in der Stellung gefunden, wie er dort liegt?"
„Ja, ich habe nichts verändert", beantwortete er die Frage.
Kaspar winkte Frank und Guido zu sich.
„Als erstes müssen wir klären, was Heinrich von Berg gestern Nacht hier gemacht hat. Und mir stellt sich die Frage, warum in der Montagnacht? Am Ruhetag des Restaurants und der Gierponte. War das ein Zufall?"
Kaspars hellblaue Augen schienen auf einen Punkt fixiert. Ein Windstoß raunte durch die mächtigen Baumkronen. Alle wurden einen Augenblick von Unbehagen erfasst.
„Ist Heinrich hierhin gelockt worden?" Frank schaute nachdenklich auf Kasper.
„Dies herauszufinden ist unsere dringlichste Arbeit. Wenn er keinen Terminkalender führte, müssen wir Zeugen suchen."
„An die Arbeit. Heute Mittag Treffen im Kommissariat. Um zwölf. Informiert die Staatsanwältin über diesen Termin", bestimmte Kaspar. „Blümchen sage ich Bescheid", meinte Guido. „Natürlich, Frau Dr. Blum."
„Bitte keine Respektlosigkeit gegenüber der Frau Dr. Blum, die möchte ich nicht als Feindin haben", bat Kaspar und ging mit Lissy in das Restaurant. Alex stellte eine große Tasse Kakao vor Lissy hin.
„Danke Alex, was machen wir mit Deinen Vorbereitungen für Vaters Fest?"
„Mach dir keinen Kopf, dass Essen kann ich einfrieren. Justus bringt den Kuchen in die Altentagesstätte."
„Justus weiß Bescheid?", fragte Lissy erwartungsvoll.
„Ich habe ihn angerufen", berichtete Kaspar.
„Er kommt gleich. Justus brauche ich unbedingt als Psychologen, Journalisten und als Heinrichs Freund."

„Justus kenne ich auch so lange ich denken kann, er ist mein väterlicher Freund", äußerte sich Lissy und schloss für einen Moment die Augen.
„Justus hat sich vor Kurzem im Obergeschoss des Hauses von Berg in Bergheim eingemietet, er müsste deshalb über die Gewohnheiten der letzten Tage meines Vaters Bescheid wissen."
Diesen guten, alten, weisen Freund brauchte sie jetzt unbedingt an ihrer Seite.

3: Spurensicherung und Kriminaltechnik

Kaspar musste Lissy im Hintergrund halten.
„Bitte Lissy, lass mich das hier alleine machen. Ich muss morgen die Staatsanwältin informieren, dass das Opfer Dein Vater ist."
„In Ordnung", sicherte sie zu. Justus traf fast zur gleichen Zeit mit dem Pathologen Dr. Wilfried Winkler ein. Lissy hockte sich abseits auf einen dicken Basaltstein. Sie würde ohnehin als Tochter für befangen gelten. Ihre Haltung drückte Trostlosigkeit aus, nur ihr Augenpaar fixierte zögernd den Tatort. Dr. Winkler hatte die unangenehme Ausdünstung von Erbrochenem und Tabak, die seine Nase umwehte, und die passenden Symptome als eventuellen Gifttod bereits angedeutet, wie der Kollege Baltes.
„In welcher Reihenfolge die Fesselung und das Gift angewendet wurden, weiß ich erst nach der Obduktion. Die Kopfwunde wurde ihm als erstes zugefügt."
„Dann lass uns jetzt unsere Arbeit machen", behauptete sich Otto Knopp, der nach seiner ersten Inspektion ungeduldig in seinem Schutzanzug von einem Bein aufs andere trat. Otto Knopp schwebte fast innerhalb des Tatorts. Seine kurz geschorenen roten Haare ließen Hunderte Sommersprossen auf seinem Kopf leuchten. Zuerst fotografierte er das Opfer

und den Tatort. Seine Kollegen im Schutzanzug suchten die Gegend ab. Jetzt begann die wichtige Kleinarbeit. In eine Klarsichthülle legte Otto Heinrich von Bergs Uhr und die Geldbörse.
„Ein Handy ist nicht zu finden."
Sein Instinkt lenkte seine Ermittlung. Vorsichtig tastete er über den Stoff und fühlte Papier. Otto zog behutsam ein geknicktes Blatt heraus, glättete es und legte es in eine Klarsichttüte.
„Kaspar, lass die Tochter die Buchseite anschauen."
Lissy stand bereits neben ihm. Sie schluckte.
„Es handelt sich um die herausgerissene Seite aus dem Heimatbuch meines Vaters. Seite 65. *Großherzogtum von Berg, Wahrheit und Erkenntnis, Recherchen von Heinrich von Berg.*"
Die Ahnung wurde Wahrheit.
„Es war Mord!", sagte sie leise. „Wir jagen seinen Mörder."
„Eine Witterung aufnehmen wurde dir in die Wiege gelegt", stellte einst ihr Vater nach der Jagdprüfung fest. Ein eiskalter Schauer lief ihr über den Rücken.
„Wurde mir auch in die Wiege gelegt, den Mörder meines Vaters zu suchen?"

4: *Lissy*

Der Tag, an dem Lissy von einem Dienstaustausch aus Ägypten heimkehrte, nachdem sie ein Jahr zuvor ihre kriminalistische Ausbildung für Kunstraub abgeschlossen hatte, war ein emotionaler, zwiespältiger Tag. Aber die Vorfreude auf den Abschluss ihres Studiums und die Natur ihrer Heimat ersetzten die Unsicherheit und Angstgefühle. Mal wieder in der Heimat zu sein, die Erinnerungen an Personen und Kindheitserlebnisse schwankten wie eine Hängebrücke. Aufbewahrte Gefühle hielt sie unter Verschluss. Ihren Vater neu zu erfahren war ihr sehr wichtig.

Diesen starken unbeugsamen Mann, dessen Leben vollgepackt war mit der Erforschung seiner Heimat. Publiziert hatte er, dass das gesamte Gebiet der Mittelgebirgsregion „Bergisches Land“ ihren Namen einer fast 1000-jährigen Zugehörigkeit zum Herzogtum Berg verdankte. Mit seinen Recherchen machte er sich nicht nur Freunde.
„Die Aufteilung mancher Ländereien, auf die sich heute einige Städte noch berufen, war manipuliert worden“, erinnerte sich Lissy. Aber das war ihr damals egal. Sein Herz hing besonders an der Entwicklung der Sieg mit ihren Auen seit seinen Ahnen derer von Berg. Er sprach oft von den geheimnisvollen Tiefen der Sieg. Sie stellte sich oft als Kind die Frage, ob sie ihm genau so wichtig war wie seine Forschung.
Mit Justus besprach sie ihn anzurufen, um eine bestimmte Zeit für ein Treffen zu vereinbaren, vielleicht auch erst morgen. Sie wusste, dass Justus von Kaspar für zwölf Uhr ins Troisdorfer Kommissariat gebeten wurde.
Kaspar hatte sie auf ihren Wunsch in ihre Wohnung nach Troisdorf gefahren. Denn Lissy wollte einen Moment alleine sein, bevor ihre Mitbewohner Tina Weber und Shukran Fischer eintrudelten. Jetzt traf sie der harte Schlag des unerwarteten Todes ihres Vaters mit voller Wucht.
„Ich habe keinen Vater mehr“, schrie sie in den Raum. Sie war hin- und hergerissen zwischen Trauer und Wut. Für sie war der plötzliche Tod ihres Vaters unbegreiflich.
Was war ihm wirklich zugestoßen? Sie brauchte Informationen der Mordkommission. Nichts hatte sie, um den Tod des Vaters zu begreifen. Sie öffnete ihren Pferdeschwanz und ihr blondes schulterlanges Haar fiel auf ihre verspannten Schultern. Fahrig suchte sie im letzten Heimatbuch ihres Vaters nach der bewussten Seite 65. Jetzt erst fiel ihr auf, dass sie keine komplette Sammlung seiner Bücher hatte.
Mein Gott, diese Endgültigkeit. Ihn nie mehr fragen zu können. Nie mehr ihm sagen zu können, dass sie ihn liebte.

Ihr Blick auf die Uhr zeigte 10:45 Uhr. Der Raum wurde ihr zu eng. Unruhig blickte sie in Richtung des halb geöffneten Fensters, als erwarte sie eine Gefahr. Die Rollgeräusche von Reifen und Schienenlaufrädern sandten den allmorgendlichen Berufsverkehr in ihr Wohnzimmer. An diese konstante Lärmbelastung vor ihrer Haustür musste sie sich wieder gewöhnen. Innerhalb von Sekunden wechselte ihre Körpertemperatur von eiskalt bis Ofenhitze.
Die Seite 65 lag nun aufgeblättert vor ihr, sie knickte eine Ecke als Lesezeichen um. Sie vergaß den Raum und die Geräusche. Die Vermutung wurde zur Gewissheit. Es war Mord!

5: *Shukran und Tina*

Shukran setzte sich ihr gegenüber. Ihn hatte sie nicht hereinkommen gehört. Ihre Wangen glühten. Aus ihren Augen sprach ein Meer an Gefühlen.
„Lissy, was ist los, irgendwas passiert?", rief er besorgt.
Eine Weile herrschte völlige Stille in dem gemütlichen Wohnraum.
„Mein Vater wurde ermordet! Heute Morgen an der Siegfähre fand ihn Alex tot unter einem Brückenpfeiler."
Deutlich und langsam sprach sie diesen Satz in den Raum, obwohl ihr Puls raste.
„Aber er hat doch heute Geburtstag!"
Tränen schossen ihr in die Augen. Die aufgeschlagene Seite 65 legte sie mit zittriger Hand vor Shukran hin.
„Diese Seite und die Entdeckung des Giftes an der Kleidung, die Kopfwunde und die Fesselung meines Vaters sind der Beweis!"
Sie drehte Shukran ihren Rücken zu und ging zum Fenster.
„Was meinst Du?", warf er hilflos die Frage auf. Hastig drehte sie sich zu ihm hin und stemmte beide Hände auf den Tisch.

„Es kann nur so sein. Einen Mord wert war die Ahnenforschung und Recherche über die Ahnen von Berg“, entgegnete sie ihm ungeduldig. Leise setzte Shukran seine Tasse Tee ab, räusperte sich und unterbrach sein spätes Frühstück. Er klemmte seine langen schmalen Beine hinter die Stuhlbeine.
„Komm“, fordert er sie auf, „setze dich hin und erzähle. Hilf mir, dich zu verstehen“, und legte seine Hand auf ihren Arm.
„Mann, aus Hassgefühl wurde mein Vater getötet.“
Shukran rückte langsam seinen Stuhl zurück, richtete sich auf und schüttelte ungläubig den Kopf. Heinrich von Berg hatte ihn wie ein Familienmitglied aufgenommen. Er mochte ihn sehr. Lissy folgte Shukrans Bewegungen und meinte, ihn in einem Trancezustand zu sehen. Lissy stand blitzschnell neben ihm und hielt seinen Arm fest. Sie kämpfte mit den Tränen.
„Es ist wahr, er ist tot, ich habe ihn unter der Siegbrücke liegen gesehen.“
Shukran sah, dass ihre hellen Slipper sehr verschmutzt waren und ihre beige Jeans grasgrüne Flecken hatte.
„Säuerlich erbrochenen Tabakgeruch stellte der Pathologe als einen vermutlichen Gifttod fest. Mein Vater hatte Asthma und war Nichtraucher. Wo kam das Gift her? Wie heißt das Gift? Mit welchem Monster hatte mein Vater sich getroffen? Oder wurde er überfallen? Ich kann es immer noch nicht begreifen.“
Ihre Stimme versagte und sie sank händeringend auf den Stuhl. Sie raufte ihre hellblonden Haare, dass ihre leicht abstehenden Ohren daraus hervorlugten. Shukran suchte krampfhaft nach den richtigen Worten. Lissy kannte er bisher als die Nervenstarke. Sie war für ihn wie eine große Schwester, die ihm in manch misslichen Lage beistand. Er schätzte sehr die wissenschaftlichen Arbeiten ihres Vaters.

In dieser Wohngemeinschaft mit Tina und Lissy fühlte er sich zu Hause.
„Mein Kopf glüht bereits und doch habe ich unzählige Fragen", sagte Lissy.
„Was war ihm so wichtig an diesem Abend, um zu dieser Zeit dorthin zu gehen? Wurde er dorthin gelockt?" Shukran holte einen Schreibblock und setzte sich neben sie.
„Welche Spuren sind dir bekannt? Sage sie mir und lass uns Deine Verdachtslage beschreiben."
„Hih, Ihr Beiden", platzte Tina in diese angespannte Situation. Jetzt war die Wohngemeinschaft komplett. Tina, Lissy und Shukran bewohnten für zwei Jahre gemeinsam in Troisdorf die erste Etage eines schönen alten Geschäftshauses in der Wilhelmstraße. Troisdorf lag für alle zentral. Mit Fahrrad, Bus oder Zug war man schnell in Bonn und genauso schnell in der Siegaue, Lissys Heimat. Tina und Shukran betreuten als Kunstwissenschaftler mehrere Museen, z.B. auch die Troisdorfer Museen, wollten aber wieder zurück nach Ägypten. Lissy hatte sich um die neu eingerichtete Abteilung „Kunstraub in NRW" in der Polizeistation Troisdorf, beworben. Nachdem Lissys Buch über den „Jagdinstinkt einer Kunstraubermittlerin" erfolgreich war, standen ihr viele Türen offen. Jedoch überwog der Reiz der neuen Abteilung und dazu in der Heimat, die anderen Angebote. Sie wollte hier vor Ort ermitteln. Bonn/ Rhein-Sieg und vom Standort Troisdorf aus mit seiner ganzen Vielfalt, der Industriestadt im Grünen. Nicht nur die Nähe des Naturschutzgebietes Siegaue, sondern auch die Angrenzung an die Wahner Heide reizten sie. Troisdorf mit den Stadttoren an den Enden der Fußgängerzonen. Die zwei hell erleuchteten Edelstahlbögen mit den transparenten, spiegelnden und vom Wasser überlaufenden Glasflächen. Fast schon Kult-Status hat der „Dicke Mann" auf dem Fischerplatz. Tina und Lissy hätten Schwestern sein können mit ihren blonden Pferdeschwänzen und der

sportlichen Figuren. Jedoch die Augenfarbe deutete den unterschiedlichen Charakter an. Lissy strahlte mit ihren dunkelbraunen Augen Wärme und Ruhe aus. Tina mit ihren kornblumenblauen Augen und ihrem mitreißenden Temperament konnte im Nu einem den Kopf verdrehen. Die „Drei Ägypter“ wurden sie zur Studentenzeit gerufen. Das Studium der Ägyptologie und die Wissenschaft hatten sie fünf Jahre lang in Ägypten fasziniert und festgehalten. Über Tinas Erscheinen zu diesem Zeitpunkt war Shukran heilfroh. Lissys unglücklich aussehendes Gesicht machte selbst Tina stumm. Shukran füllte drei Gläser mit Mineralwasser. Unsicher schaute er auf Lissy. Sie nickte.
„Mein Vater wurde ermordet“, sprach Lissy sehr zögerlich zu Tina. Mit aufgerissenen Augen rief Tina: „Wie bitte, er hat doch heute Geburtstag!“
Leises Schluchzen, dann Stille. Diese stockende Unklarheit, in der Lissy sie zurückließ, machte Tina nervös. „Das ist nicht zu glauben. Wie ist das passiert?“
Lissy weinte und gab Shukran ein Zeichen, dass er reden solle. Er berichtete von ihren Bemühungen, Hintergründe zu sammeln und umriss mit ein paar Sätzen, was Lissy ihm gesagt hatte. Shukran wollte diese unangenehme Situation überbrücken und führte fort: „Weil Lissy nicht bei den direkten polizeilichen Ermittlungen sein darf, fertigen wir unseren Ermittlungsstand an: Feststellungen am Tatort: Todeszeitpunkt ist später Montagabend, erbrochener Tabakgeruch, Verletzung am Kopf, Spuren einer Handfesselung. Anhaltspunkte: Vater war Asthmatiker und Nichtraucher und hatte mit Tabak oder Drogen nie zu tun. Blutige Kopfwunde. Fesselspuren an den Händen. Herausgerissene Seite 65 aus seinem Buch mit Recherchen über das Großherzogtum von Berg. Siehe die Seite im Buch auf dem Tisch.

6: *Troisdorfer Kommissariat, 12 Uhr*

Durch die großen Fenster ergoss sich viel Tageslicht is Treppenhaus des Troisdorfer Polizeigebäudes und ließ den Flur mit graublauem Teppichboden wohnlich erscheinen. Der Besprechungsraum im 2. OG des Kriminalkommissariates West füllte sich. Nikki und Sven hielten die Kaffeemaschine in Gang. Die Küchenzeile wurde von der ganzen Abteilung benutzt. So war eine kunterbunte Auswahl an Gebäck und süßen Naschereien zu finden. Jeder legte seine Akten auf die beiden aneinandergereihten Tische mit den blauen Polsterstühlen und so sah der Raum bereits nach fünf Minuten aus wie ein Schlachtfeld. Auf der übergroßen weißen Magnettafel stand: Tötungsdelikt Heinrich von Berg und klebten die Fotos und die Ergebnisse des Protokolls am Fundort. Hitzige Debatten führte Guido mit Otto Knopp. Dieser schlaksige, sportliche große Junge, dessen Hobby der Marathonlauf war, und der nach eigenen Worten ein super Kommissar werden wollte, saß neben Otto, dem rothaarigen untersetzten Mann. Ottos Hobby war zu diskutieren. Recht bekam bisher niemand bei ihm. Frank ließ ihn sich an Otto austoben, der würde Guido schon zurechtstutzen. Kaspars schlohweiße Haare erschienen im Türrahmen. Nikki flitzte schnell zwischen den Stühlen, um zwei Kaffeekannen abzustellen und auf dem Platz des Chefs dessen Vollmilch-Schokolade bereitzulegen. Kaspar nahm neben Frank Platz und breitete seinen blauen Ordner aus. Alle wussten – wenn dieser blaue Ordner mit dem lachenden Delphin auf dem Tisch lag, war die Sitzung eröffnet. Kaspar sah Ottos hochroten Kopf und neben ihm das gereizte Gesicht von Guido. Ich muss de Otto vom Kollejen Guido erlöse, dachte er sich. „Bitte Otto, beginne“, beendete Kaspar die Diskussion und richtete seine wachen Augen nur auf Otto.

„Die eingerissene Innentasche fand sich an der Weste aus Büffelleder. Beim sorgfältigen Umstülpen des Innenfutters fanden sich feine Krümel von getrockneten Blättern mit säuerlichem Aroma. Im Gewebe des karierten Jägerhemdes war nicht nur abgelagerter Gestank von erbrochenem Tabak, sondern auch feinste Reste der Tabakblätter im Gewebe."
Otto schaute kurz auf seine Notizen. Dann fuhr er fort: „An der Jägerhose fanden sich aufgerissene Taschen. Dieses Blatt Nr. 65 aus seinem Heimatbuch übergaben wir bereits am Tatort. Der verdeckte Reißverschluss an der Innentasche war unversehrt. Wir haben diesen eigenartigen Tabakgeruch als Virginischen Tabak lokalisiert. Virgin ist eine Pflanzenart aus der Gattung der Nachtschattengewächse. In den getrockneten Blättern kann der Nikotingehalt auf etwa 9% ansteigen. Lediglich die Samen sind frei. Nikotin hat auch eine insektizide Wirkung und wurde daher früher als Pflanzenschutzmittel eingesetzt. Aufgrund der hohen akuten Toxizität dieses Nikotins ist man von dieser Praxis abgekommen. In den Blättern schwankt der Gehalt dieser Stoffe relativ stark. Beim Rauchen wird der Giftgehalt im Vergleich zum Verzehr verringert." Anerkennend schauten die Kollegen auf Otto.
Der hat ja echt was drauf, dachte sich Guido, hielt sich aber im Hintergrund, denn er war noch nicht fertig mit Ottos Wichtigtuerei während ihrer Diskussion.
„Da stellt sich mir die Frage, wo diese Pflanze angebaut wird? Woher stammen diese getrockneten Blätter?" Kaspar schaute erwartungsvoll auf Otto und blickte in die Runde.
„Eine heimliche Tabakplantage wäre auf kleinstem Raum möglich", meinte Otto dazu.
„Die Suche nach der Tabakpflanze würde uns im Moment aufhalten", sagte Kaspar.
„Wie weit seid Ihr mit den Fingerabdrücken und Fußspuren?", informierte sich Frank.

„So schnell sind wir auch nicht, wir brauchen noch Zeit, unsere Spuren mit den Fremden abzugleichen", unterstrich Otto.
„Und die roten Armbandstreifen?", wollte Guido wissen.
„Wurde irgendwas Brauchbares gefunden, womit das Opfer gefesselt wurde?", schloss Kaspar sich Guido an.
„Ja, ein winziges Stück weiße Nylonkordel. Die roten Streifen rühren von einer weißen Kordel, die in jedem Baumarkt zu kaufen ist."
„Sie ist noch in der KTU und wird auf Spuren des Opfers untersucht. Wenn ja, wird auf andere Spuren untersucht", berichtete Otto weiter.
„Untersucht Ihr zuerst, ob die Kordel die Fessel Heinrich von Bergs war? Und dann ist das Fundstück wichtig genug, um auf andere Spuren überprüft zu werden", schob Guido hinterher.
„Maach halvlang, Guido", wies Kaspar ihn zurecht und kümmerte sich nicht darum, ob er verstand was er meinte. Ottos Haut wurde inzwischen stark durchblutet. Immer wenn er im Stress war, glich er einer Blutorange. „Du bist ja ein ganz schlauer", konterte Otto unwirsch in Richtung Guido.
„Danke, Otto", brummte Kaspar. „Der Guido schwad sich de Muul in Franse." Er wusste, dass Otto auf heißen Kohlen saß, um seine Untersuchungen fortzuführen. „Geh zurück in Dein Labor."
Frau Dr. Blum öffnete leise die Tür. Ein allgemeines Murmeln, „Guten Morgen Frau Staatsanwältin", begleitete sie bis zu ihrem Stuhl, wie immer am Kopfende.
„Bitte, Herr Heimberg, machen Sie weiter", ordnete sie in Richtung Kaspar an.
„Die Frage stellt sich, hat der Täter die getrockneten Blätter in einem Sud aufgelöst? Und wie hat man von Berg das Gift eingeflößt? War das noch möglich nach dem Schlag auf den Kopf?"

„Ich habe den Virginischen Tabak medizinisch lokalisiert", erklärte Dr. Wilfried Winkler, der eben den Raum betrat. „Mögliche Symptome: Leichte Nikotin-Vergiftungen äußern sich durch Schwindel, Übelkeit, Erbrechen, Durchfall, Schwitzen, Kopfschmerzen und ggf. Zittern der Hände. Schwere Vergiftungen können mit Kreislaufkollaps, kaltem Schweiß, Krampfanfällen und Bewusstseinsverlust einhergehen und durch Herzstillstand zum Tode führen. Gift der virginischen Tabakpflanze befand sich auch im Blut. Also wurden die Blätter aufgebrüht. Zusätzlich waren noch kleine gemörserte Krümel im Magen. Der Täter wollte sicher gehen. Todesursache war der Gifttod. Und der Schlag auf den Kopf führte nicht zur Bewusstlosigkeit, denn er konnte noch schlucken."
„Was sagt dir die Kopfwunde, Wilfried?", fragte Kaspar.
„Er wurde von hinten mit einem Stein geschlagen, das mit Sicherheit zur Ablenkung diente. Dann hat der Mörder ihn an Händen und Füßen gefesselt und vermutlich an einen Brückenpfeiler gelehnt.
Frank nickte. „Wir haben Fasern seiner Kleidung an dem Pfeiler gefunden, sind noch bei Otto im Labor."
Wilfried fuhr fort. „Das Gift wurde ihm mit einer Flüssigkeit eingeflößt. Der Täter könnte dies mit einer Art Babyflasche vollzogen haben. Oder eine große Spritze ohne Kanüle. Die Druckstellen unter dem Hals zeugen dafür, dass er nicht freiwillig geschluckt hat. Ihm wurde immer wieder der Mund zugedrückt, damit er diese Flüssigkeit nicht sofort auswürgen konnte."
„Und was hat der Täter danach gemacht?"
„Er hat ihm beim Sterben zugesehen, danach entfesselt und neben den Pfeiler gelegt", beendete Wilfried seinen Untersuchungsbericht.
„Wie krank ist das denn?", fragte die Staatsanwältin. Kaspar nickte. „Das war ein geplanter Mord bis ins Detail. Danke Wilfried."

„Welches Motiv hatte der Täter?"
„Wahnsinn und unglaublicher Hass", führte Frank aus. Jeder schätzte ihn in seiner gelassenen Art, eine Situation auf den Punkt zubringen. Kaspar nickte.
„So schnell findest Du ein Motiv?", platzte Guido heraus und schaute Frank schief an.
„Kollejen, wie weit seid Ihr mit möglichen Zeugen?", erkundigte sich Kaspar laut, um die Lage zu entschärfen.
„Wir müssen noch vor Ort", antwortete Frank und schüttelte leicht den Kopf in Richtung Guido.
„Und ich bespreche mit Justus Tanner die herausgerissene Seite des Heimatbuches", sagte Kaspar und schloss die blaue Mappe. Wie immer am Anfang eines Falls, herrschte Nervosität und es war Kaspar noch nicht gelungen, dass ein Rädchen ins andere griff.
Sinnierend sagte er: „Wat net ös, dat kann noch wäde."
„Wir treffen uns morgen um 12 Uhr hier. Jeder weiß, was zu tun ist. Die Ergebnisse besprechen wir morgen." Als die Kommissare den Raum verlassen hatten, hielt die Staatsanwältin Kaspar Heimberg noch kurz am Arm zurück.
„Sie müssen ein harmonisches Zusammenwirken Ihrer Abteilung im Auge behalten, Herr Hauptkommissar. Ich könnte Ihnen einen Fachmann für Coaching empfehlen." Frau Dr. Blum schaute auf ihre Uhr.
„Wir reden nächste Woche noch mal drüber." Kaspar schaute ihr unwirsch auf den Rücken. „Druck von ovve und von unge. Heinrich wat häs Du mir eenjebrok", murmelte er vor sich her. Sein Kopf brummte und die Gedanken schossen wie eine Achterbahn. Sein Magen knurrte. „Ich muss zom Schorsch in die Wiertschaft, jett esse."

7: Dienstag, 20 Uhr, Beim „Schorsch“

Kaspar wohnte in Troisdorf-West in der sogenannten „Roten Kolonie“ mit ihren zahlreichen denkmalgeschützten Häusern, die ihren Namen wegen der roten Dachziegeln erhielt. Sein Vater war einst Facharbeiter der ansässigen Mannstaedt-Werke. Er fuhr nachdenklich mit seinem Fahrrad vom Kommissariat nach Hause. Im fahrradfreundlichen Troisdorf war er damit schnell und sicher unterwegs. Nach dem Tod seiner Eltern hatte er das Häuschen übernommen. In dem kleinen Flur stand eine Wellington-Kommode, Mahagoni im englischen Stil. Dieses Schmuckstück erwarb er auf einem Flohmarkt. Dorthin hatten ihn Schorsch und Grete mitgeschleppt. Freiwillig wäre Kaspar nie auf einen Flohmarkt gegangen. Der Postberg auf der Kommode stapelte sich. Er schaute nur kurz die Post aus dem Briefkasten durch, brummte „net wischtisch“ vor sich her, legte sie auf den Stapel und ging gleich wieder aus dem Haus. Schorsch, sein Freund, war der Wirt der Eckkneipe „Op de Eck“.
Als Kaspar die schwere alte Holztür der Gaststätte öffnete, schlug ihm der Duft von gebratenem Fleisch entgegen. An einem Vierer-Tisch saßen die üblichen Gäste beim Kartenspiel. Jeder brummte „Tach“. Kaspar grüßte zurück mit einem „Tach zesamme“ und glitt auf den dreibeinigen Barhocker vor der runden Schanktheke aus Massivholz. Mit den gesammelten uralten Flaschen, Vasen und Schüsseln, bepflanzt mit frischem Grün, war diese Theke ein echter Hingucker.
„Dat es jo och et Häz von der Wiertschaft“, nickte Schorsch und freute sich über das Kompliment seines liebsten Gastes. Die frisch gestrichene lindgrüne Wandfarbe hing noch in der Luft. Die Schiebetür zu dem kleinen Sälchen war ge-

schlossen. Das Plakat „Sonntag ist hier Tatortzeit. Es gibt den Kölner Tatort. Einlass 20 Uhr!“ wurde von Grete neu angebracht. Grete rief ihm freundlich zu: „Tach Kaspar, ich han frisch jekocht.“ Er stützte beide Ellenbogen auf die Theke und seufzte: „Schorsch, dann einmal Gretes Julaschsuppe und een Flasch Wasser!“

„Häste wedder Druck von ovve und unge?“ Kaspar nickte und stöhnte halblaut.

„Tut mir leid mit Heinrich, han et in de Nachrichten jehört, dat is net zu jlöve“, erwähnte Schorsch, während er Kölschgläser spülte.

„Häste schon mit Marlene jesprochen?“ „Marlene?“, runzelte Kaspar die Stirn.

„Jo, dem Heinrich sing ehemalije Lebensjefährtin. Sie hät doch seit e paar Wochen den ‚Troosdorfer Kiosk‘ eröffnet, in der Kölnerstroß.“

„Ävver die hät doch seit ewig ene Kiosk en Beuel“, meinte Kaspar.

Schorsch nickte. „He in Troisdorf is ihr elderlich Huus, un im Erdjechoß is jetzt der Kiosk. Sehr schön und schmuck herjerischtet. Die Marlene is jo wirklich janz patent.“

„Ja, als attraktive Frau han ich die in Erinnerung“, sagte Kaspar nachdenklich.

„Komisch, der Heinrich hätt nie erwähnt, woröm Schluss wor. Als hätt er dat Marlene us singem Levve ausradiert. Ob sie die letzte Joore Hass empfunde hätt?“

Schorsch war ein kluger Wirt, er bedrängte seine Gäste nicht. Und Kaspar würde erst darüber reden, wenn der Fall geklärt war. Ganz in sich versunken, kamen Erinnerungen in Heinrich hoch, bis der Duft der Gulaschsuppe seine Sinne beherrschte. Das selbst gebackene Brot von Grete versetzte ihn endgültig für einen Moment in ein kulinarisches Traumland. „Dann lass dir alles juut schmecken, habe mit Liebe jekocht“, munterte sie Kaspar auf.

„Du bist die Beste", meinte er zu Grete und das Wasser lief ihm im Munde zusammen.

8: In der Wohngemeinschaft

Staunend hörte Tina zu. Sie war nicht auf den Mund gefallen, aber was hier abging, verstand sie nicht. Der nervöse Straßenlärm drang jetzt abgeschwächt in die Wohnung. Tina ging zum Fenster und atmete tief ein und aus. Der Himmel war blau. Eingeklemmt schien der Innenhof zwischen den Fronten der Hinterhöfe. Nur die windzerzauste Krone des Kastanienbaumes war das einzige Grün. Ihr Blick verlor sich im wilden Geäst.
Darum müsste sich jemand kümmern, dachte sie. Sie drehte sich um und sah Lissy mit einem schmerzverzerrten Gesicht. Diese unglaubliche Nachricht musste sie irgendwie verstehen. „Lissy, dass kann alles nicht wahr sein." Lissy kniff die Augen zusammen.
„Tina, dass ist wirklich passiert. Denkt mit mir nach, stellt mir Fragen, zwingt mich, den Tatsachen ins Auge zu sehen." Es kamen ihr die Tränen und für einen Moment herrschte im Raum vollkommene Stille. Tina umarmte sie. „Ich bin für dich da."
„Dann fahre ich fort", meinte Shukran verlegen.
„Informationen der Polizei: Heinrich von Berg, gestorben in Bergheim unter dem Pfeiler der Brücke am Bergheimer Siegufer, zehn Meter links neben der Gaststätte Siegfähre. Diese Fläche wird auch als Parkplatz benutzt und endet am Ufergebüsch der Sieg." Tina fragte nach: „Wer fand Deinen Vater? Und wer rief die Polizei?"
„Alex, der Wirt fand ihn." „Hast Du eine Kopie des Polizeiberichtes?", wollte Tina wissen.
Lissy schüttelte den Kopf.

„Hm, Schitt“, meinte Tina. „Wusste Alex, warum Dein Vater dort war?“
„Diese Fragen haben bereits die Kollegen gestellt und die Antwort war nein“, erregte sich Lissy.
Shukran wartete einen Moment: „Steht für die Polizei fest, dass es ein geplanter Mord war?“
Lissy saß kerzengerade auf dem Stuhl und starrte ihn an. „Nein, das ist nur ein erster Verdacht.“
„Hatte die Brücke eine besondere Bedeutung für Deinen Vater?“, erfragte Tina. Lissy stützte ihren Kopf aufs Handgelenk. Die Verspannungen krochen den Rücken hoch bis zum Kopf.
„Ich weiß, dass die Brücke während der Bauzeit einstürzte. Vorher war dort ein Weideplatz für Schafe. Vater wurde damals an die Unfallstelle gerufen, um an der Überprüfung der Bodenproben und den Berechnungen teilzunehmen. Das war fast genau an der Stelle, wo er tot gefunden wurde. Ob der Brückeneinsturz damit zu tun hat?“
Shukran glättete mit beiden Händen seine schwarzen Locken und nahm das Heimatbuch von Heinrich von Berg in seine Hände. Aufrecht sitzend, las er laut die Aufzeichnungen der Seite 65: ... *Es ist möglich, aber nicht erwiesen, dass der Graf Adolf I. von Berg auch in Mondorf und Bergheim landeshoheitliche Rechte erwarb. Mit Sicherheit konnte er im 13. Jahrhundert Fuß fassen. Bedeutend war an der Unteren Sieg auch die Schafzucht. Die Tiere sind genügsam und mit mageren Weiden zufrieden. Erst wenn alle übrigen Weidetiere das Weidestück verlassen hatten, hatte das Schaf Zutritt. So lautet ein Sprichwort: ‚Wo eine Kuh hungern muss, werden noch 10 Schafe satt.‘ Aber auch dem Herzogtum Berg hatte die letzte Stunde geschlagen. Am 15.3.1806 verzichtete der in München residierende Max Joseph auf sein bergisches Herzogtum zugunsten Napoleons. (aus Schriften von Heinrich Brodeßer)*

Welche Ländereien zu unrecht verteilt wurden und heute noch von einigen Städten unberechtigt als Eigentum angesehen werden, wird von Heinrich von Berg recherchiert."

„Warum soll diese Ahnenforschung Deines Vaters mit dem Mord in Verbindung stehen?" In Lissys Augen loderte ein Feuer. „Die Recherchen und mein Instinkt sagen es mir, das musst Du mir glauben", empörte sie sich über diese Frage. Tina und Shukran schauten sich besorgt an. „Ruhig, Lissy, natürlich glauben wir dir", besänftigte Shukran sie.

Sie sahen wie Lissy immer mehr in sich zusammensackte. Ihre Energie war der Erschöpfung gewichen. Mit hängenden Schultern murmelte sie noch: „Ich muss später an den Ort des Geschehens, fühlen, spüren, in mein Herz lassen und denken, aber jetzt bin ich unendlich müde." Sie schloss für einen Moment ihre Augen und versank in eine seltsame Mattigkeit. Sie nahm nicht mehr wahr, dass Tina in ihr Schlafzimmer ging.

Gefühlte hundert Klamotten raffte sie zusammen und stapelte diese auf den braunen Rattansessel. Tina war noch dabei, die zahlreichen Kuscheltiere und Kissen zu sortieren, da trug Shukran Lissy wie ein kleines Kind auf seinen Armen und legte sie aufs Bett. Ihre großen, braunen Augen schauten todmüde auf die beiden Freunde. „Danke", flüsterte sie und Tina zog mit einem Kopfnicken die Tür zu. Shukran grinste, als Tina resolut die Klamottensammlung auf dem Sofa sortierte.

„Wenn ich hier nicht aufräume, würdet ihr wie Maulwürfe leben", rief sie und blies sich ihre zerzausten blonden Haare aus den Augen.

9: Die Botschaft

Die Haustürklingel schreckte beide auf, denn jeder war in seinen eigenen Gedanken versunken. Tina schloss schnell Lissys Zimmertür, während Shukran zur Sprechanlage eilte. „Wer da?"

„Ein Eilbrief für Lissy von Berg", erklang eine Stimme, übertönt von Straßenlärm und Raucherhusten.

„Um diese Zeit?", wunderte sich Tina kopfschüttelnd. Der Türöffner war schon von Shukran betätigt.

„Ich nehme den Brief für Frau von Berg an", stellte er sich in die geöffnete Tür und unterschrieb als Shukran Fischer die Quittung. Der Bote ging eilig davon.

„Komisch, halb auf dem Bordstein steht ein alter gelber Posttransit mit einer seitwärts geöffneten Tür und im Innern liegt ein Fahrrad", berichtete Tina, die sich weit aus dem Fenster lehnte. Shukran stand unschlüssig mit dem Brief im Raum. „Was machen wir jetzt?" Tina schloss das Fenster und nahm ihm den Brief aus der Hand. „Lissy wird nicht gestört, wir öffnen den Brief!"

Ein hellgelber Umschlag ohne Absender. Sie öffnete den Umschlag und zog einen Brief heraus, der nur einen Satz enthielt: *„Die Ahnenforschung derer ‚von Berg' ist eine Fälschung. Treffen um 19 Uhr unterhalb der Bushaltestelle L 269, vor der Siegfähre. Ein Zeuge."*

Shukran schüttelte den Kopf. „Was soll das denn jetzt?"

Kurz entschlossen teilte Tina ihm mit: „Ich gehe zu dem Treffen, habe gleich eine Führung im LVR-Museum in Bonn und fahre auf dem Rückweg ohnehin über die L 269. Das Treffen unterhalb der Brücke liegt auf meinem Rückweg. Mit dem Fahrrad ist das ideal. Dann kommt Lissy auch nicht in Gewissenskonflikte, Kommissar Kaspar Heimberg einschalten zu müssen."

Der Drang, für Lissy Gewissheit zu bekommen, beflügelte sie.
„Sage Lissy später, dass ich mir ihre orange Regenjacke ausgeborgt habe."
„Mir ist nicht wohl dabei", murmelte Shukran. Aber Tina war schon aus der Tür.

10: Tina unterwegs nach Bonn

Der Wind hatte zugenommen und eine leichte Gänsehaut kroch über ihren Körper.
Ein Glück, dass ich meine lange Jeans angezogen habe, meinte sie zu sich. An diesem frühen Nachmittag schimmerte die Sonne hin und wieder durch die Wolken, die ein paar Regentropfen fallen ließen. Gewittrig blieb die Luft. Im Wetterbericht hieß es heute Morgen: „Einige Menschen leiden bei dieser Witterung unter Kopfschmerzen und Migräne."
Das Wetter konnte Tina nicht viel anhaben, denn sie hatte bereits drei MTB-Pokale als Siegerin der Mountainbike-Rennen im ersten Halbjahr gewonnen. Ihr bereitete der Gedanke an Lissy Kopfschmerzen. Der Vater ermordet! Der pure Wahnsinn! Und dann dieser rätselhafte Brief. Lissy darf bei der Mordkommission nicht ermitteln, dann schau ich mir die Sache für Lissy an. Sie radelte von Troisdorf aus durch Oberlar und Sieglar. Ein Korb voller Erdbeeren, die rot aufglänzten, standen auf einem Klapptisch unter dem großen Sonnenschirm eines Obststandes am Wegrand. Schnell radelte sie über den Radweg. Dieses Gefühl liebte sie, wenn der Fahrtwind sich in ihrem Haar verfing, von Eschmar aus nach Müllekoven und Bergheim. In der Siegaue erschien ihr die Luft weicher, der Gesang der Vögel fröhlicher. Aber sie wusste auch, dass unterhalb der L 269 der Mord an Heinrich von Berg geschehen war. Etwas trieb

sie weg in Richtung Beuel, um vor der Bonner Skyline aufzuatmen. Der gigantische Posttower tauchte in jedem Blickwinkel auf. Und im Vordergrund die breite Uferpromenade mit den schnörkeligen Bäumen und dem schaukelnden Restaurant auf dem Rhein, dem Chinaschiff. Es versetzte sie immer wieder in eine Märchenwelt. „Tach Tina", rief ihr Marlene zu. „Hallo Marlene", winkte Tina und wusste, dass Marlene wieder ihren obdachlosen Jungs unter der Brücke Essen gebracht hatte. Bis vor kurzem war ihr Beueler Kiosk Anlaufstelle für Menschen in Not. Tina näherte sich der Kennedy-Brücke, der mittleren der drei Bonner Brücken, die den Rhein mit einem Bogen und zwei Halbbögen überspannte. Hierüber kam sie auf die andere Rheinseite. Es gefiel Tina sehr, hier arbeiten zu dürfen, im LVR-Museum, hier am romantischen Rhein und im Rahmen des „Grünen C" in der Stadt Troisdorf und Siegburg. Lissy schwärmte schon immer jedem, der es hören wollte oder auch nicht, von Bonn, der beschaulichen Weltstadt und Beethoven-Stadt, eingehüllt im rheinischen Charme mit herrschaftlichen Häusern und diesem gigantischen, beleuchteten Posttower. So war es für Tina wie eine Erfüllung, hier an diesen besonderen Orten zu leben. Aber im Moment waren alle ihre Antennen darauf ausgerichtet, rechtzeitig nach der Führung im LVR-Museum zurückzuradeln, um vor 19 Uhr unterhalb der Haltestelle an der Siegbrücke zu sein. Sie wollte diesen ominösen Briefschreiber beobachten. Jetzt war der Radweg zum Glück halbwegs frei. Auf der Kennedy-Brücke früher Feierabendverkehr, es war eine Menge los. Sie fuhr schneller, um den Radfahrer vor ihr zu überholen. Jäh bremste dieser und Tina prallte mit ihrem Vorderrad gegen sein Bein. Sie riss wütend ihren Lenker herum, um einem heftigeren Aufprall auszuweichen.
„Pass auf, so rabiat kann nur eine Kuh sein", brüllte der Radfahrer.

Tina taumelte leicht. Perplex und fast sprachlos stammelte sie: „Tut mir leid.“ Ihr war nicht klar, was mit ihm los war und versuchte seinen Gesichtsausdruck zu deuten. Aber der außergewöhnliche schwarze Fahrradhelm mit Visier ließ keine Miene erkennen.
„Dein rüdes Verhalten wird Dir noch sehr leid tun“, tobte er und klappte seinen Radständer aus.
Sekundenbruchteil eines Gedanken, gut geölt für den Rost am Rad, schoss es ihr in den Sinn. „Mein Verhalten?“, schrie sie.
Tina schwankte zwischen Mitleid und Ärger. „Warum haben Sie so dämlich gebremst?“
Ein Fußgänger wollte vorbei und zeigte auf den schwarzen Radfahrer: „Er ist schuld, er hat sie auffahren lassen!“
„Genau! Das war fies“, erwiderte sie erleichtert dem Zeugen, weil die ganze Situation sie inzwischen gewaltig nervte. Mit dem kontrollierten Blick für Details, der ihr als wissenschaftliche Mitarbeiterin zu eigen war, taxierte sie den Unfallgegner von oben bis unten. Ins Auge fielen ihr die beiden Hosenklammern kurz über den knöchelhohen, schmutzigen Schuhen. Altmodisch fand sie. Er beugte sich vor und mit einer urplötzlichen Drehung packte der Fiesling sie mit einer Wucht am Pferdeschwanz, so dass ihr die Tränen in die Augen schossen. Ihr Rad fiel gegen das Brückengeländer. Für einen Augenblick hatte sie wütende Augen. Blitzschnell stampfte sie ihm auf den Fuß, bekam ihr Fahrrad zu fassen und trat in die Pedale, um nach einem Meter Abstand „Du Doofmann“ zu rufen. Noch ehe er sie wutschnaubend verfolgen konnte, hatte sie noch einen Blick für die kleine schmale Treppe der Verliebten, wenn diese sich kurz unsichtbar machen wollten. Die Brücke hinter sich gelassen, mischte Tina sich unter die zahlreichen Passanten. Vorbei am Beethovenhaus in der Bonngasse, über den Marktplatz bis zum Hofgarten, diesem außergewöhnlich schönen Universitätsgelände, drängelte sie sich durch das typisch herr-

liche Bonner Multikulti-Publikum. Trotz diesem Ärgernis auf der Brücke blieb sie einen Moment stehen und schaute den Tauben zu, die ein Bad nahmen in der großen Pfütze, worin sich Äste eines Baumes spiegelten. Die Erinnerung an das Deutschlandfest am 3. Oktober, als die Kennedy-Brücke und die Museumsmeile komplett gesperrt waren und Bonn eine einzige Partymeile war, weckte wieder ihren Tatendrang. Sie dachte an Shukran, der Freunde aus Ägypten eingeladen hatte, um ihnen die wichtigsten Sehenswürdigkeiten Bonns zu zeigen. Die Beethovenhalle, Rheinische Friedrich-Wilhelms-Universität, Poppelsdorfer Schloss, Museumsmeile, alles klapperte er mit ihnen ab. Es war ein unvergessliches Erlebnis für alle.

11: *Tina trifft Peter*

Angekommen am Landesmuseum schob sie ihr Fahrrad in den Ständer an einen Baum gegenüber dem Museum.

Dieser Doofmann! Sie schüttelte den Kopf, als ihr der Radfahrer auf der Brücke wieder in den Sinn kam.

Tina hatte soeben ihr Fahrrad vor dem Museum abgesperrt und atmete tief durch. Vor dem Museum erinnerte sie sich, als sie das erste Mal bewundernd am Eingang stand.

Sie spürte es damals gleich, dieser Ort war der richtige für sie. Dieses Museum mit einer Hülle aus Glas, Holz, Beton und Stahl. Die rheinische Geschichte von den Anfängen der Steinzeit bis zur Gegenwart sind der Schwerpunkt. Ein Gefühl des Stolzes durchflutete sie. Den Text der Vorstellung des Museums, den sie bei den Führungen den Besuchern darlegte, hatte sie für ewige Zeiten gespeichert und führte ihre Besucher mit diesem Text: *„Mein Name ist Tina Weber und sie befinden sich im Rheinischen Landesmuseum für Archäologie, Kunst und Kulturgeschichte. Soviel ich weiß, ist*

Bonn das größte Museum des Landschaftsverbandes Rheinland. Daher ermöglichen wir Ihnen in unserer Dauerausstellung und in Wechselausstellungen einen unverwechselbaren Blick auf die Kulturgeschichte des Rheinlandes …"

Inzwischen fühlte sich der Brief in ihrer Brusttasche bleischwer an.

Weiß ich überhaupt, was auf mich zukommt?, fragte sie sich. Plötzlich legte sich eine eiskalte Hand um ihren Hals. Tina trat blitzschnell mit ihrem Fuß nach hinten.

„Aber hallo, Du hast mich fast getroffen. Tina Weber, Du schöne Frau."

Widerwillig drehte sie sich um und ging einen Schritt zurück.

„Auch das noch, der Schönling Peter." Peter war wieder farblich aufeinander abgestimmt, gekleidet wie ein männliches Model.

„Wie kriegst Du das hin, diese lockere Haarsträhne in Deiner Stirn, bei Deinem gegelten Haarschopf?" Tina konnte nicht anders, sie musste ihn verhöhnen. „Es ist ein Wirbel, mein Herzblatt", parierte er.

Typisch, dachte Tina und stemmte die Arme in die Hüften: „Ich habe keine Zeit für Geplänkel. Warst Du es? Hast Du diesen Brief geschrieben?"

Sein Blick hing an ihren grimmig blitzenden Augen. „Ich schreibe Dir täglich Briefe in meinem Herzen, meine Teure", hauchte er dicht an ihrem Ohr und betatschte aufdringlich ihren Rücken.

„Mach nicht den Clown, Peter, es ist mir todernst mit dieser Sache." Tinas Herz schlug im Hals vor Wut. „Ich bin gereizt genug." Ihr Gesicht verfinsterte sich.

„Auf der Brücke hat mich ein Fiesling attackiert. Total aggressiv wollte er mir mit seinem ungewöhnlich schwarzen Fahrradhelm Angst einjagen. Die altmodischen Hosenklammern über seinen abgenutzten knöchelhohen Schuhen

auf den rostigen Pedalen sahen aus, als käme er aus dem vorigen Jahrhundert." Tina schüttelte den Kopf.
„Die Kleidung passte nicht zu dem schnittigen Helm. Dem Doofmann sollte man das Rad wegnehmen. Und jetzt kommst Du mir so!" Peter hob eine Augenbraue und wurde ernst. „Also gut, heute kein Spiel, was kann ich für Dich tun und was soll ich geschrieben haben?"
„Sag mir ehrlich, ob Du an Lissy einen Brief geschrieben hast mit dem Briefkopf vom Museum?"
Peter streichelte fürsorglich über ihren Arm. „Hand aufs Herz, nein", versprach er.
„Auch wenn ich euch oft die Zornesröte ins Gesicht treibe. Ich bin ein gutherziger Kollege!"
Tina fühlte sich erleichtert. Wie angespannt sie war, dass sie den manchmal überdrehten Kollegen verdächtigte.
„Entschuldigung Peter", entgegnete sie. „Aber kannst Du mir einen außerordentlichen Gefallen tun und gleich meine Nachmittags-Museumsführung übernehmen?"
„Das geht leider nicht. Heute Abend schlage ich den Hammer, habe Dienst im Auktionshaus und will zocken", grinste er entschuldigend. „Ich muss gleich nach Godesberg und den Abend vorbereiten. Gleichwohl sorge ich für eine Vertretung, das tue ich für dich, Schatz", lächelte er und legte seine Hand aufs Herz.
Tina lachte ihn an und ihre Grübchen zauberten seltsame Lichter in ihre blauen Augen. Es schien ihr gar nicht mehr schwer, mit Peter auszukommen.
„Danke Peter, so kann ich die Überwachung des Briefschreibers fortsetzen." Obwohl sie mittlerweile ein mulmiges Gefühl hatte.
„Willst Du mir diesen berüchtigten Brief zeigen?" Sie holte ihn aus der Innentasche und zeigte ihn Peter.
„Was steckt denn noch in dem Umschlag?", äußerte er sich neugierig.

„Komisch, nicht wahr? Eine Ansichtskarte der Siegfähre, ohne einen Text. Eigenartig."
Nachdenklich wiegte Tina den Kopf hin und her und erklärte: „Das ist der Ort, wo man unter dem Brückenpfeiler Lissys Vater fand. Sollte das ein Hinweis sein?"
„Oder spekulierte der Briefschreiber darauf, dass einer von Euch zum Museum fährt und der andere zur Siegfähre?", meinte Peter. Tina zuckte mit den Schultern.
Peter guckte über seine Brille Tina an. „Entweder ist das der Mörder oder ein Wahnsinniger. Ich bin risikoverliebt und vergesse manchmal vor lauter Eifer die Vorsicht, aber das liest sich wie ernste Gefahr. Was sagt Shukran dazu?" Der Wind fing sich in Tinas Haar. Mit einer nervösen Handbewegung strich sie Strähnen aus dem Gesicht.
„Ich habe ihm sofort gesagt, dass ich zu dem Termin fahre, fertig. Und wir haben nur das gelbe Blatt Papier herausgenommen. Dass im Umschlag noch eine Karte war, haben wir da nicht entdeckt." Tina sah ihn verwundert an.
„Wenn Du ihm Zeit gelassen hättest, seine Meinung zu sagen, wärst Du wahrscheinlich nicht **so** waghalsig unterwegs. Ihr müsst die Mordkommission informieren, denn hier wird es gefährlich", tadelte Peter in einem ungewohnt bestimmenden Ton. Sie schluckte.
„Was würdest Du an meiner Stelle tun?"
„Schleunigst heimfahren und mit Lissy reden. Du kannst nicht alles durch die rosarote Brille sehn. Jetzt fahr los", bekräftigte er seinen Ratschlag.

12: *Dienstag, später Abend, Kaspars Gedanken*

Kaspar fühlte wie sich neu geboren nach der gemütlichen Stunde bei Schorsch und der leckeren Suppe. Als ob die Suppe auch seine Gehirnzellen erwärmt hätte, wollte er gleich noch mal los zum Tatort. Seine Armbanduhr zeigte

21:15 Uhr. Das war vielleicht die Zeit, als Heinrich gestern unten war. Sein Privatwagen, ein 13 Jahre alter Fiesta, parkte vor der Haustür. Er vergewisserte sich, dass seine große Taschenlampe auf dem Rücksitz lag und fuhr los. In den Ortschaften war kaum was los. Nur an der Siegfähre herrschte noch Betrieb, nach der Anzahl der parkenden Autos zu beurteilen. Kaspar stellte sein Auto unter der Brücke auf der Seite des Restaurants ab. Fokussiert ging er gleich zum Tatort, der immer noch abgesperrt war. Wie war die Tat abgelaufen? Wer kommt als Täter in Frage? Wer hatte die Möglichkeit, an diese Art Gift zu kommen? Wer hat also mit Tabak zu tun, oder wo ist dieses Gift erhältlich?, analysierte er gedanklich. Er ging zwischen den Pfeilern auf und ab. Der Geruch des Tatortes musste sich in seiner Nase ausbreiten. Sein Handy klingelte. Das Display zeigte Frau Dr. Blum.

„Herr Heimberg, ich brauche einen Pressetext. Wie ist Ihre aktuelle Einschätzung?"

„Wir suchen dringend Zeugen, die am gestrigen Abend Heinrich von Berg gesehen haben. Der Getötete hatte ein großes Umfeld. Die Spuren deuten auf ein geplantes Verbrechen hin." Die Staatsanwältin schwieg. Kaspar fixierte den alten Blutfleck.

„Ich bin am Tatort, Frau Dr. Blum."

„Das dachte ich mir. Was denken Sie im Augenblick?"

„Der Mord wurde bis in Kleinste geplant, aber ich weiß noch nicht, wo ich anfangen soll." „Dann wäre eine Plakataktion, mit der wir um Mithilfe bitten, eine Möglichkeit."

„Gut, lassen Sie ein Plakat vorbereiten."

„Ich werde alles morgen früh in die Wege leiten und direkt einen Text an die Presse weitergeben. Gute Nacht Frau Dr. Blum."

„Gute Nacht, Herr Heimberg."

13: Lissy am Mittwochmorgen

Lissy wachte mit bleiernen Gliedern auf. Sie erhob sich und nahm den grauen Tag wahr, der sich beharrlich vor dem Fenster aufbaute. Jetzt erst bemerkte sie, dass sie in der Kleidung von gestern geschlafen hatte. Ruckartig saß Lissy auf dem Bett und verzog gequält das Gesicht. Ihr Vater schwebte vor ihren geistigen Augen. Sie zuckte zusammen. Es war Mittwoch, ein neuer Tag, was würde er bringen? Sie musste Informationen über den Ermittlungsstand von Kaspar Heimberg haben. Ob sie Frank fragen sollte? Nein, sagte ihr Bauchgefühl. Sie würde zuerst mit Justus sprechen. Ein Blick auf ihre Armbanduhr machte ihr Hoffnung, heute als erste duschen zu können und ging schnell ins Bad. Tinas Idee, dem kleinen, weinrot gefliesten Raum mit einem antiken Kerzenständer einen Charme aus vergangener Zeit zu verleihen, war super. Jetzt brauchte Lissy eine heiße Dusche. Auf dem beschlagenen Spiegel erschien ein Tunnel, den sie malte. Ihr Blick schärfte sich. Konzentration war jetzt unerlässlich. „Für den Mörder meines Vaters wird die Jagd abgrundtief", flüsterte sie und spitzte die Lippen. Wer hasste ihren Vater? Dass dieser Mord geplant war, stand für sie fest.

Was bedeutet dieses Gift symbolisch? Der Mörder hätte ihn doch nur erschlagen brauchen? Wie in Zeitlupe fing sie einen Blick auf ihr Gesicht. Nein, sie wollte trotz allem sich selber nicht zur Gejagten machen und föhnte den Spiegel frei. Sie war auch Kriminalistin und musste sich zwingen, ihrem Sachverstand Oberhand zu lassen. Plötzlich fiel ihr ein, dass sie heute das Frühstück vorbereiten musste. Tina hatte einen Plan erstellt, damit nicht das große Chaos in der Wohnung ausbrechen sollte. In Marlenes neuem „Troosdorfer Kiosk" um die Ecke hoffte sie, noch frische Brötchen zu bekommen.

Es gab die nötigsten Lebensmittel, warme Snacks, Geschenkartikel und jede Menge Zeitungen bei ihr. Der Kiosk war für Lissy und ihre Freunde unersetzlich. „Ich bin die Mutter der Nation", nannte sich Marlene schmunzelnd.

„Morjen Lissy, wie jeht et Dir, Liebschen, ich han üch Brötchen auf Seite jelegt", rief sie ihr entgegen. Beide hatten sie traurige Augen. Lissy mochte Marlene, hatte aber nie gefragt, warum es zum Bruch mit ihrem Vater gekommen war.

„Ach, Marlene, Du bist ein Schatz!"

„Hier, schon einjepackt, die Eile steht dir im Jesicht jeschrieben. Un jröß mir die anderen Zwei." Es war wie immer Betrieb im Kiosk, aber Lissy hatte für Marlene Vorrang. Marlene musterte Lissy mit ernsten Augen.

„Ich han et in den Nachrichten jehört. Et tut mir sehr leid, Lissy. Komm heute Abend doch mal rüber."

„Ja, ich schau mal", rief Lissy schnell, um ihre Fassung nicht zu verlieren. Eine Kusshand für Marlene und Lissy ging mit wackeligen Beinen zurück in die Wohnung. Duftende frische Brötchen rundeten den von ihr liebevoll gedeckten Frühstückstisch im gemeinsamen Wohnzimmer ab. Diese Ablenkung tat ihr gut. Der antik anmutende offene Kamin verbreitete eine gemütliche Atmosphäre. Auf dem Kaminsims hatten sie Bilder ihrer Familien stehen. Bei ihrem Blick auf das Foto ihres Vaters zog sich ihr Magen zusammen. Sie schnäuzte sich und setzte sich seufzend an den Tisch. Lissy zwang sich zu frühstücken. Danach wollte sie einen Terminplan vorbereiten. Die Skizze von Shukran las sie nachdenklich durch. Den Mord an ihrem Vater wollte sie auf jeden Fall aufklären. Nach wiederholten Versuchen, Justus Tanner zu erreichen, schrieb sie ihm eine SMS: *„Treffen wir uns heute Mittag an der Siegfähre in Bergheim? Wir könnten gemeinsam essen. Ich bin ab 10 Uhr dort. Lissy."*

Sie holte ihren Rucksack und sah erst jetzt die geordneten Kleidungsstücke auf dem Sofa und lächelte.

„Ach Tina, Du großer Schatz, danke, danke." Augenblicklich räumte sie alles ordentlich in ihren Kleiderschrank, das war sie Tina schuldig. Tinas Zimmertür war angelehnt. Lissy wollte ihr eine Kusshand zuwerfen und war erstaunt, dass ihr Bett unbenutzt schien.
Vielleicht war sie ganz früh weg oder sie hatte gestern die Nacht durchgemacht, überlegte sie. Tinas letzte Führung musste 22:00 Uhr zu Ende gewesen sein. Festgequatscht könnte sie sich auch haben, Tina war für alle möglichen Leute zugleich Freundin und Schwester und sprudelte Ratschläge im Dutzend, sinnierte Lissy.
Sie könnte auch heute ganz früh alleine auf Spurensuche sein. Das würde zu ihr passen. Shukrans Tür war verschlossen. Im Verlauf dieser Erkenntnisse wurde sie immer angespannter und schrieb einen Zettel für ihre Mitbewohner, dass sie mit Handy unterwegs sei nach Bergheim. Gedankenvoll suchte sie noch vergeblich ihre orange Regenjacke und begnügte sich letztlich mit ihrer schwarzen Fleecejacke.

14: *Kommissariat Troisdorf, Poststraße*

Der Kastenbau des Troisdorfer Polizeihauses fällt auf durch die vielen Fenster. Von außen war die Anzahl der Büros nicht zu erkennen. Nikki trug die beiden Topfpflanzen in den zweiten Stock. Lissy von Berg hatte sich das Büro mit Blick auf den Troisdorfer Bahnhof eingerichtet. Sie bat Nikki, für 50 Euro Pflanzen und Dekos zu kaufen, um die Abteilung freundlicher einzurichten. „Endlich eine Hauptkommissarin", freute sich Nikki. Was werden Frank und Guido wohl sagen? Lissy wollte anfangs vermeiden, dass den anderen bekannt wurde, dass Hauptkommissar Kaspar Heimberg der Freund ihres Vaters war. Aber jetzt konnte er es nicht mehr verhindern.

Hauptkommissar Kaspar Heimberg saß mit rotgeränderten Augen am Mittwochmorgen an seinem Schreibtisch. Justus ihm gegenüber. Beide hatten diese Nacht kein Auge zugetan. Kaspars Gedanken sondierten die ungelösten Fragen. Frank recherchierte die Lesungstermine Heinrich von Bergs. „Ich will rausbekommen, woran er aktuell gearbeitet hat." Guido war derweil beschäftigt, in den umliegenden Baumärkten nach der Nylonkordel zu fragen. „Wir müssen noch ein Plakat entwerfen, für die Hilfe der möglichen Zeugen."
„Okay!", erwiderte Frank.
Kaspar schlug seinen blauen Ordner auf. Er las Justus seine Fragen vor: „1. Wurde er dorthin gelockt? 2. Wieso zwang der Täter ihn, das Gift zu schlucken, wieso Gift? Hatte Heinrich irgendeinen Bezug zur Virginischen Tabakpflanze?"
„Hatte der Täter eine Schuld beglichen?", überlegte Justus laut.
„Interessanter Gedanke. Habt Ihr Anruflisten?", rief Kaspar seinen Kollegen zu.
„Ein Handy hatten wir nicht gefunden. Haben aber die Nummer. Wir sind dabei, die Telefonliste einzuordnen", rief Frank Kaspar zu.
„3. Motiv? Justus, welches Motiv siehst Du?"
„Kaspar, ich würde das Motiv Hass oder Wahnsinn an die erste Stelle setzen. Heinrich von Berg war als öffentliche Person angreifbar. Und er recherchierte ohne Rücksicht auf Personen oder Verwaltungen."
„Wo fangen wir an? Wer kommt als Täter in Frage?", bat Kaspar um Antwort.
„Wir sollten Lissy mit einbeziehen; so wie ich sie kenne, wird sie uns keine Ruhe geben." Kaspar wiegte seinen Kopf hin und her.
„Jahrelang hat sie nicht mehr zu Hause gewohnt, was weiß sie von Ihrem Vater?"

Justus sprach ruhig, aber doch in einer Art, um Kaspar ins Gewissen zu reden.
„Sie ist seine Tochter und in ihrer Denkart ihm sehr ähnlich. Lissy übernimmt in einer Woche die Leitung des Kommissariats für Kunstraub, sie ist dann eine Kollegin von Dir. Du kannst sie nicht aus den Ermittlungen lassen." Kaspar schaute in die ruhig blickenden Augen seines Gegenübers und nickte. Justus arbeitete nebenbei als freiberuflicher Psychologe und hatte sich schon vor vielen Jahren der Kriminologischen Psychologie verschrieben.
Frank legte Kaspar das fertige Fahndungsplakat auf den Schreibtisch zum Absegnen.

Mordkommission Troisdorf
Die Polizei bittet um Ihre Mithilfe!

In der Nacht von Montag auf Dienstag wurde unweit der Siegfähre, unter einem Brückenpfeiler der 70-jährige Heimatforscher Heinrich von Berg tot aufgefunden.
Die Troisdorfer Mordkommission und Staatsanwaltschaft haben die Ermittlungen zu diesem Tötungsdelikt aufgenommen und bitten die Bevölkerung um Mithilfe.

- Die Mordkommission fragt: Wer hat vom späten Montagabend, 21 Uhr, bis Dienstagmorgen, 8 Uhr, verdächtige Beobachtungen im Bereich der Fahrwegstraße bis zur Siegfähre gemacht?
- Wem sind Fahrzeuge und Personen in diesem Bereich aufgefallen?

Hinweise bitte an die Mordkommission Troisdorf oder jede andere Polizeidienststelle.

15: *Auf dem Weg zur Siegfähre*

Lissy drängte es an den Ort des Todes ihres Vaters. Sie holte ihr rotes Trekkingfahrrad aus dem Innenhof. Für 50 Euro hatte sie es letzten Monat bei der Stadt ersteigert. Sie fuhr einen Schlenker um das neue Einkaufcenter am Wilhelm-Hamacher-Platz, um von dort aus über eine kleine Fußgängerbrücke an der Polizeistation in der Poststraße vorbeizuradeln. In diesem Kastengebäude wurde die neue Abteilung gegründet: Kunstraub im Bonn/Rhein-Sieg-Kreis. Und sie würde in ein paar Tagen dort ihren Arbeitsplatz übernehmen. Am Troisdorfer Bahnhof vorbei folgte sie den Schildern „Siegfähre". Diese Hinweise fielen ihr heute zum ersten Mal auf. Ihre Traurigkeit kroch durch alle Glieder und machte ihr Mühe zu radeln. Sie verspürte fast den Wunsch, das Rad zu schieben. So sehr sie diese kleinen Ortschaften liebte, atmete sie auf, endlich die Siegbrücke und die Aue vor Augen zu haben. Es roch nach Pappelblüten und Gräsern. Wehmütig fuhr sie den Pfad hinunter bis zur Gierponte. Eine junge Vogelschar zwitscherte vergnügt in den Zweigen.

„Tach Lissy, beste heim jekomme?", erkundigte sich der Fährmann Mertens, der sie schon als Kind kannte. Sie nickte mit einem traurigen Lächeln.

„Ist mein Vater die letzten Tage des Öfteren hier gewesen?"

„Ja, vorige Woche sah ich ihn ein paar mal am Ufer vorbeigehen, als ob er wat am Suchen wäre", erzählte der Fährmann.

„Sonst nichts Komisches aufgefallen?"

„Nä, er wor fründlich wie immer zu mir."

„Danke." Hier am Bergheimer Ufer stand, friedlich wie ein Knusperhaus unter riesigen Baumästen, das gemütliche Restaurant „Zur Siegfähre". Eingehüllt von der ur-

wüchsigen Siegaue. Um diese Uhrzeit sah man nur vereinzelte Menschen am Ufer. Sie durfte ihr Fahrrad an dem Kassenhäuschen der Siegfähre abstellen. Lissy atmete tief ein. Nun stand sie das erste Mal nach dem Tod ihres Vaters an ihrem Lieblingsplatz im Ufergebüsch. Ihr Blick wanderte über das Wasser und die Aue. Eine rosa Taubennessel erinnerte sie an den letzten gemeinsamen Spaziergang im Frühjahr mit ihrem Vater. Lissy pflückte die rosa Nessel. Zu den im Halbschatten vereinzelt blühenden Schlüsselblumen gesellten sich wohlriechende Veilchen. Ein Hingucker war der Blumenteppich zwischen abgeknickten mit Moos bewachsenen Ästen aus weißen Anemonen und gelbem Scharbockskraut. Wegen des langen Winters blühten noch manche Frühlingsblumen im Juni. Ein Paradiesgarten, wie ihr Vater diesen Teil der Schöpfung nannte. Sie hatte sein Lachen im Ohr und spürte heute als traurigen Schmerz seine Umarmung, als er sie nach ihrer Heimkehr in die Arme nahm. Diese Nähe von ihm hatte sie selten erlebt.
„Auf den Wegen der Siegaue beginne ich klarer zu denken. Wo ich meine Heimat im Blut spüre, bei jedem Atemzug, darum bin ich heimgekehrt", murmelte Lissy mit hängendem Kopf. Wissen tuschelte durch Zweige und Blätter.
„Und hier musste Vater sterben." Der tote Vater vor Augen beschleunigte ihr Denken. Sie war Jägerin. Sie war Kommissarin. Sie konnte erst trauern, sich mit dem Tod des Vaters abfinden, wenn sie den Mörder kannte. In der Natur hatte sie immer wieder zu sich selber gefunden. Bei jedem Schritt sammelte sie ihre Gedanken. „Kopf hoch, Körper straffen und schon bist Du ein großes Mädchen", klang es in ihrem Ohr. Sie blickte mit erhobenem Kopf geradeaus. Und wieder tat sich die wunderbare Welt auf. Ein breites Stück Auenwald, angelehnt an der lebendig fließenden Sieg. Mit einem Wechselspiel des Wasserstands, der Strömung und der Wolken. Der Fluss, die Sieg, ein Gebiet für Romantiker. Ihr eingetauchter Zweig tanzte auf kleinen Wellen, gedan-

kenverloren schaute sie in die schimmernde Tiefe. Fabelbilder schwammen unter der Wasseroberfläche und das Gesicht des Vaters tauchte an die Oberfläche und vereinte sich wiederum mit dem Fluss.

„Vater", rief sie entrückt und griff ins Wasser. Im Rausch, für einen Augenblick.

„Welche Antwort hat dieser Ort für mich?", sprach sie zur Ente, die zu ihr schwamm. Die SMS von Justus kam im richtigen Moment. „Lissy ich komme zur Siegfähre. Warte bitte auf mich."

Er wohnte seit einem Jahr im Haus ihres Vaters. Der approbierte Psychologe, Schwerpunkt: Kriminologische Psychologie. Um endlich sein Buch zu schreiben, hatte er das Angebot von Heinrich angenommen, in das freie Obergeschoss seines Hauses zu ziehen. „Seniorenwohngemeinschaft" nannte er schmunzelnd seine Wohnung in Vaters Haus. Justus war begeistert, den freien Blick auf den Deich des Siegdamms zu haben.

„Am besten ist der kurze Weg zur Siegfähre für eine regelmäßige Mahlzeit", grinste er. Lissy brachte es noch nicht über sich, Vaters Haus zu betreten. Sie erhoffte sich von ihm Ratschläge, wie sie Kaspars Ermittlungen einsehen könnte. Vor allem sein logisches Denken und die einfühlsamen Worte waren wie eine Medizin.

Justus ist ein lebenskluger Mann, ihn brauche ich jetzt an meiner Seite. Ihre Gedanken sprangen hin und her.

Und Michel? Warum habe ich ihn noch nicht angerufen?

Wenn sie an ihren Jugendfreund Michel Bund dachte, erhöhte sich ihr Herzschlag. Es drängte sie, ihm alles zu berichten, aber sie ängstigte sich auch davor, nur weinen zu müssen, ihre Fassung ganz zu verlieren. Heute Abend werde ich mit ihm telefonieren, nahm sie sich fest vor. Wenn sein Seminartag zu Ende ist. Möglicherweise hat er am Abend in dem alten Landgasthof, unweit der Burg Wissem, keine Seminarteilnehmer um sich. „Als Referent muss man immer präsent sein", meinte er, als sie ihn fragte, zu welchem Zeitpunkt sie sich mal melden könnte. Jetzt hatte sie einen guten Grund. Lissy zögerte noch einen Moment, dann trennte sie sich schweren Herzens vom Siegufer und ging zu den großen Pfeilern der Brücke. Hier war die Stelle! „Lass Dir Zeit", flüsterte jemand hinter ihr. Lissy schrak zusammen. Im gleichen Augenblick schrie sie laut auf. Es dauerte ein paar Sekunden, bis ihr klar wurde, dass es Justus war, der sie in den Arm genommen hatte. Wie automatisch legte sie ihren Kopf an seine Schulter und schluchzte.

„Es tut mir alles furchtbar leid. Du weißt, dass Dein Vater mir sehr nahe stand." Lissy nickte. Sie löste sich aus seiner Geborgenheit, trocknete ihre Augen und sah ihn stumm an.

„Komm lass uns einen Kaffee trinken." Die Taubennessel hielt Lissy noch in der Hand. Zärtlich berührte sie die zarte Blüte, um sie dann behutsam an den Ort zu legen, an dem vermutlich ihr Vater starb. Sie verharrte einen Moment. Dann schaute sie vorwärts und beide gingen zum Restaurant. Das Vogelkonzert einer Lerche und eines Rotkehlchens lockte sie zu einem kleinen Tisch mit grünem Dach. Ein großer Ast einer Pappel reichte über die Tische im Biergarten. Lissy legte Shukrans Skizze vor Justus auf den Tisch. Schweigend, mit tiefer Stirnfalte, zeigte Justus seine Nachdenklichkeit während des Lesens. Er blickte auf und sah in Lissys erwartungsvollen Augen. Sie presste ihre Handflächen gegeneinander. Justus räusperte sich.

„Ich weiß, dass Du den Tod Deines Vaters aufklären willst." Nervös schaute sie ihn an.

„Es ist mir auch klar, dass ich Dir Kaspars Ermittlungsstand sagen soll. Unternimm bitte nichts alleine, es ist viel zu gefährlich und würde Dich Deinen Job kosten, bevor Du ihn begonnen hast."

Lissy nickte und seufzte. Justus nahm ihre Hände in seine.

„Ich habe mit Kaspar darüber gesprochen. Er wird Dir wahrscheinlich vorschlagen, dass Du bei den Recherchen

dabei sein darfst. Plakate mit der Bitte um Mithilfe der Bevölkerung, ob Beobachtungen vom späten Montagabend bis Dienstagfrüh aufgefallen sind, und Aufrufe in der Presse gehen morgen raus."
Sie schluckte. Tapfer lächelte sie mit feuchten Augen und war froh, dass Justus ihre Hände hielt. Ihr Handy meldete sich.
„Shukran", sagte sie, als sie seine Nummer auf ihrem Handy aufleuchten sah.
„Lissy", schrie er, „Tina ist verschwunden!"

16: *Ungewissheit*

„Im Museum war sie gestern Nachmittag nicht erschienen. Der Brief führte sie ins Unglück", weinte er. Jäh sprang sie auf, ihre Stimme zitterte: „Welches Unglück, was für ein Brief?" Justus nahm ihr das Handy aus der Hand.
„Um Himmels willen, Shukran, was ist passiert, bist Du in der Wohnung?"
„Ja", stieß er aus. „Bleib da, wir kommen sofort!" Ohne eine Bestellung aufzugeben, verließen sie fluchtartig diesen gemütlichen Platz. Aufgeschreckt flogen die Vögel über die schnatternden Wildenten hinweg zum anderen Ufer der Sieg. Justus rief Kommissar Kaspar an und teilte Shukrans Sorge um Tina mit.
„Wir fahren gleich mit dem Taxi in Lissys Wohnung." Beunruhigt brummte er. „Dat jefällt mir jar nicht." Er rechnete damit, dass sie in ca. 15 Minuten in der Wilhelmstraße ankommen würden. Da er von der Poststraße in ein paar Minuten dort sein konnte, verweilte er noch einen Moment vor der sogenannten weißen Wand, an die Frank alle Ergebnisse gepinnt hatte.

Opfer Heinrich von Berg: Motiv? Warum am Abend vor seinem Geburtstag zur Siegfähre? Restaurant hatte geschlossen.
Tatort/Tathergang/Todesursache: Gift.
Forensische Daten: Wer kannte sich aus mit dem Gift?
Erste Erhebungen: Der Täter sieht beim Sterben zu. Warum(?)
Tat-Rekonstruktion: Seite 65 aus dem Heimatbuch(?)
Täterprofil: Wahnsinn?
Zu viele Fragezeichen. In der Hoffnung, dass die Presseberichte und Plakate ihnen Ergebnisse brachten, nahm er seine Lederjacke von der Stuhllehne und meldete sich bei Nikki ab. Heinrichs erstes Heimatbuch hatte sie beide einst zusammengeführt. Kaspar war vom ersten Augenblick an interessiert, als er die Vorstellung dieser regionalen Recherchen in der Tageszeitung las. Es dauerte dann noch etliche Wochen bis sie sich trafen. Das erste Treffen war damals beim Neujahrsempfang im Troisdorfer Rathaus.

17: *Aufgeregte Fahrt nach Hause*

Die Schafherde wurde unter den Pfeilern der Brücke zusammengetrieben. Schäfer Anton hatte Justus voller Stolz erzählt, dass er den Auftrag erhielt, mit seiner Herde den Deich rechts und links der Brücke zu grasen. Sein Hund saß neben ihm. Ein katalanischer Schäferhund. Der Schäfer mit seinem typischen Breitkrempelhut, der klassischen grünen Jägerkleidung hob zum Gruß die Hand. Die Sieg hatte keinen hohen Wasserstand, darum konnte er die Herde durch die Sieg treiben und hatte die Schafe schneller als gewohnt auf dem Damm. Er musste die Herde teilen, links nach Müllekoven und Eschmar, Richtung Sieglarer See und rechts zur Siegmündung. Bei diesem Großauftrag half ihm sein Neffe.

Das Taxi, das Justus bestellt hatte, ließ nicht lange auf sich warten. Sie stiegen unter der Brücke ins Auto. Hier kreuzte der von Bergheim zum Siegufer führende Fahrweg den Dammweg. Ihr Blick auf den Siegfährenweg zeigte Lissy ihr Elternhaus am Hang, das Haus derer von Berg in Bergheim. Die Bundsche Jagdhütte, der einstige Jägertreff bei Michels Vater, lag Hundert Meter entfernt in Richtung Sieg. Schnell waren sie über den Fahrweg, der die Siegaue trennt, auf der Schnellstraße. Dahinter zog sich die weitläufige Siegaue, diese traumhafte Idylle bis zur Halbinsel „Kemper Werth" oder „Pfaffenmütz" genannt, zwischen Sieg und der Mündung in den Rhein. Mit den alten Bäumen, dem satten Grün. Das Taxi fuhr bis zum Verteiler Mondorf, um dann über die Chaussee nach Troisdorf zu fahren. Lissy schloss für einen Moment die Augen. Sie lehnte sich seufzend in den Sitz zurück und hielt noch ihr Handy in der Hand. Unruhig setzte sie sich aufrecht.

„Was läuft hier ab, wer ist unser Feind, Justus?" Ihre Stimme hatte einen unnatürlichen Klang. „Ich hoffe inständig, dass das Verschwinden Tinas nichts mit dem Tod meines Vaters zu tun hat, oder der Ahnenforschung von Berg. Und der Brückenbau, welche Rolle spielt er in diesem Drama?"

„Also die Brücke, junge Frau", meinte der Taxifahrer gut meinend, „wurde erst im Februar 1976 für den Verkehr freigegeben. Man sprach von einem Jahrhundertereignis.

Wenn man bedenkt, dass seit dem 15. Jahrhundert hier die Zeit stehen geblieben war, bis 1971 begonnen wurde die Brücke zu bauen, als Verbindung nach Bonn. Bis dahin musste entweder Brückenzoll oder Fährgeld bezahlt werden, wenn man ans andere Ufer wollte, auch wenn man nur unter den Kastanienbäumen Durst auf ein Bier hatte", referierte der Taxifahrer. Lissy senkte den Kopf.

„Danke für Ihre Auffrischung meines Wissens", bemerkte Justus. „Woher haben Sie das Wissen um die Brücke?"

„Aus dem Heimatbuch des Heinrich von Berg. Er hinterlässt uns einen großen Schatz, er wird für diese Region unsterblich bleiben", antwortete er.
Justus nickte. „Wir müssen unsere Gedanken ordnen", gab Justus wohlüberlegt von sich. Lissy nickte und schaute erbittert aus dem Seitenfenster.
Ich bin Polizistin und kann mir nicht helfen, schossen ihr die Gedanken durch den Kopf. Justus Hirn arbeitete, er rieb sich die Nase. In Gedanken stellte er den Fragenkatalog für Kaspar zusammen. Dieser Tathergang musste analysiert werden. Welche Handschrift hat der Täter hinterlassen? Fast in der gleichen Sekunde, als das Taxi in der Troisdorfer Wilhelmstraße hielt, stürmte Lissy aus dem Auto und lief wie elektrisiert die Treppe hoch zu ihrer Wohnung. Shukran stand in der geöffneten Wohnungstür, er hatte ungeduldig auf sie gewartet. Er musste stets den Kopf einziehen bei seiner 1,95 m Größe. „Tina", schluchzte er. Lissy gab ihm einen Kuss auf die Stirn. Bemuttern wollte sie den Jüngeren und dadurch beruhigen. „Shukran, sage uns was los ist!" Justus ging in Tinas Zimmer. Er suchte ihren Terminkalender und das Adressbuch und eine Antwort. Beunruhigt ging er auf und ab. „Wieso war Tina verschwunden?" Er hörte die aufgeregten Worte von Shukran aus dem Wohnzimmer. Jetzt war wichtig, für die Beiden Ruhe auszuströmen. Unruhig berichtete Shukran und wusste nicht, wohin mit seinen Händen. „Die Leiterin des LVR-Museums Bonn hat angerufen und gefragt, warum Tina gestern nicht da war. Und vor ein paar Minuten rief Peter an, um zu hören, wie es Tina und Lissy gehe und ob wir wegen des Briefes was unternommen hätten."
„Ja verdammt noch mal, was für ein Brief und wo ist denn dieser Brief!", schrie Lissy aufgebracht. Jeden Moment hatte sie das Gefühl, vor Erregung zu platzen. Beschämt begründete er: „Gestern wurde ein Brief für Dich gebracht. Von einem Boten." Shukran presste seine Finger an die Schläfen.

Lissys Augen wurden immer größer. Ihr Kopf verschwand nahezu zwischen den hochgezogenen Schultern.
„Tina wollte, dass Du schlafen konntest. Sie hat den Brief genommen und beabsichtigte damit zur Siegbrücke zu fahren", beeilte sich Shukran zu erklären. Mühsam beherrschte sich Justus und drückte Lissys Schulter herunter. „Was stand im Brief?", zischte Lissy ihn an.
„Die Ahnenforschung derer ‚von Berg' ist eine Fälschung. Treffen um 19 Uhr unterhalb der Bushaltestelle der L 269 (Siegbrücke). Ein Zeuge"

18: *Fahndung*

„Kollejen, bleibt in Rufbereitschaft, ich bin zu Lissy von Berg, Troisdorf, Wilhelmstraße und melde mich später", informierte Kaspar Nikki, Frank und Guido.
„Manchmal kommt er mir hinterwäldlerisch vor", meinte Guido zu Frank. Er wollte Frank aus seinen Grübeleien locken. Seit dem Tatort Siegfähre wirkte er tiefsinnig bei seiner Arbeit. „He Frank, wer ist eigentlich die Lissy von Berg, scheint ja mit dem Chef eng befreundet zu sein." Frank schaute Guido mürrisch an.
„Mag sein. Ist ja die Tochter seines Freundes."
„Woher kennst Du sie?", grinste Guido ihn breit an. Frank überzog langsam eine dunkle Röte von den Füßen bis zum Haarschopf. „Habe ich doch richtig getippt, Du kennst sie", lächelte Guido freundschaftlich.
„Ich kenne sie nicht wirklich, hatte sie nur mal auf einer Karnevalsparty getroffen", murmelte Frank.
„Aber ich ahne da was", grübelte Frank und ging zu Guidos Schreibtisch.
„Und was?"
„Die Leiterin der neuen Abteilung für Kunstraub, ab 1. Juli, heißt Frau von Berg." Frank setzte sich mit einem gequälten

Lächeln zurück an seinen Schreibtisch. Guido schlug mit der flachen Hand auf den Tisch: „Und das ist Lissy von Berg. Na ist das eine Verarsche vom Chef."
„Vielleicht wollte er im vorhinein den Namen nicht sagen, weil er sie kennt", beschwichtigte Frank.
„Ach! Damit man ihm keine Kumpelschaft anhängen kann, für wie blöd hält er uns", ärgerte sich Guido.
„Lass das Gift spritzen sein, Du redest uns beide um Kopf und Kragen", flüsterte Frank.
„Dann wollen wir mal schauen, ob wir beide den Fall knacken. Wir haben noch die neuesten Erkenntnissen der Uni im Kopf. Der Alte kann auch nicht alles mit seinem rheinischen Instinkt klären", knurrte Guido und stellte sich vor die „weiße Pin-Wand".
„Hast Du die Seite 65 gelesen, die man bei der Leiche fand?", horchte Guido Frank aus. „Was soll Heinrich von Berg veranlasst haben, diese herausgerissene Seite mitzunehmen?" Frank antwortete: „Und wenn der Täter ihm die Seite eingesteckt hat, um seine Handschrift zu hinterlassen?" „Hm, die Seite hängt auch noch nicht an unserer Pin-Wand", erwiderte Frank und griff zum Telefon.
„Hallo Otto, hast Du noch die herausgerissene Seite, die Du bei von Berg fandest?"
„Ja sie ist hier, ich bringe alles zusammen in einer Stunde zum Chef."
„Danke Otto!"

19: *Mittwochmittag in der Wohngemeinschaft*

Lissy stieß den Stuhl um, während sie mit weit geöffnetem Mund aufsprang. Shukran hatte Glück, dass es im selben Moment an der Tür läutete. Sie plumpste auf den Stuhl und atmete tief durch. Liebend gerne wäre sie Shukran an den Hals gesprungen. Lissy schlich zum

Sofa in ihre Lieblingsecke. Sie musste zu sich kommen. Unvermittelt fröstelte sie und wünschte sich zum Ende der Welt. Hauptkommissar Kaspar Heimberg trat als Freund in die aufgeheizte Situation.
„Oh, oh, he hängt der Qualm janz tief." Mehrere Fragen gingen ihm direkt durch den Kopf. Er räusperte sich und hing seine Lederjacke über eine Stuhllehne.
„Danke, dass Du sofort gekommen bist", sprach Justus dankbar aus. Kaspar nickte, seine wachen hellblauen Augen wanderten von einem zum anderen. Für einen kurzen Moment hing sein Blick an Shukran, der verbissen auf ein Blatt schrieb. Eine Kerze brannte in der Laterne auf dem Beistelltisch neben dem Sofa und warf einen Schimmer auf Lissy.
„Shukran, wie konntet Du und Tina mir das antun?" Lissy zog ihre Beine hoch auf das Sofa. Ihr Kopf ruhte zwischen ihren Knien. Sie war geschockt und wünschte sich, mit ihren Gedanken jenseits des Horizonts sein zu können. Hintergangen fühlte sie sich. Es war, als lege sich eine Eisenkette um ihren Hals. Die ganzen Jahre ihrer Freundschaft zählten sie nicht? Ein Film lief vor ihren Augen ab. Was hatte uns zusammengeführt? Bilder standen vor ihren Augen, als sie sich das erste Mal in Ägypten begegneten. In diesem alten Bus ohne Türen saßen sie sich gegenüber mit dem gleichen Ziel. Was hat uns zusammengehalten? Es ging ihnen doch ums Beschützen, Zueinanderstehen. Sie glaubte, Shukran und Tinas Gedankenwelt zu kennen, und jetzt? In dieser Bedrängnis, fühlte sie sich enttäuscht. Ein tiefer Seufzer Shukrans ließ sie aufschauen. Ihr Blick begegnete ihm. Tiefste Schwermut drückte sich in seinen Augen aus. Da fiel es ihr wie Schuppen von den Augen. Es war die Sorge um sie, die beide so handeln ließ.
„Ach Shukran", flüsterte sie, „wie konnte ich an euch zweifeln, jeder hat sich um den anderen gesorgt, wir sind füreinander da."

Seine Miene drückte Erleichterung aus. Ihr trockener Mund sehnte sich nach einer großen Tasse Kakao und sie träumte von einem Milchbrötchen. Im selben Moment schämte sie sich wegen ihrer egoistischen Gedanken. Die Uhr schlug 11:30. Seit dem Eintreten von Kaspar waren schon Minuten vergangen, aber er spürte die Weltuntergangsstimmung im Raum und wartete ab. Noch kein Wort über Tina, das machte Kaspar nervös. Ihm war klar, er musste noch abwarten. Die Wolken schoben sich vor die Sonne. Dieses trübe Wetter ließ keine Tageszeit erkennen, alles war grau. Lissy in Embryohaltung auf dem Sofa, sie hatte ein verspanntes Gesicht und sah Kaspar mit fiebrigen Augen an. Justus nickte ihm mit durchdringenden Augen zu. Kaspar deutete den Blick, dass er vorsichtig beginne solle. Bedachtsam wollte er von Lissy wissen: „Hast Du Michel schon über Heinrich informiert?"

„Nein, er hat ein Seminar über Jagdtraining, da wollte ich nicht stören." Sie sah alles verschwommen durch ihre großen braunen Augen. Kaspar stellte einen Stuhl neben das Sofa, um in der Nähe von Lissy zu sitzen.

„Wann willst Du denn Michel einweihen? Soll er es aus der Zeitung erfahren?"

„Nein", wand Justus ein, „Lissy, Kaspar hat Recht, Du musst Michel gleich anrufen."

Kaspar kam so nicht weiter. „Also Leute, was ist mit Tina los, hat sie sich inzwischen gemeldet?", durchdrang er mit lauten Worten die Lethargie.

Justus klärte ihn hastig mit wenigen Sätzen auf. Kaspar kniff seine Augen zusammen und schüttelte den Kopf. Er ging mit seinem Handy bis zur Zimmertür und informierte Frank und Guido, sie sollen mit zwei Autos vor dem Haus parken. Justus blickte ihn an und hatte plötzlich ein schweißnasses Gesicht. Kaspar hielt vor ihnen noch zurück, wie gefährlich er Tinas Situation in Verbindung mit dem Mord an Heinrich von Berg ansah. Eine Achterbahn voller Fragen und Antworten schossen durch seine Gedanken. Er ging zum Fenster. Auf dem Bürgersteig parkten bereits zwei Dienstwagen. Dort einen Parkplatz zu bekommen, war wie ein Sechser im Lotto. Frank hatte Kaspars Fiesta abgeschlossen und stieg zu Guido ins zweite Auto. Sie warteten auf den Anruf von Kaspar, in die Wohnung zu kommen, um den Polizeiapparat für den Fall „Tina Weber“ anzuwerfen.

„Zuerst setzen wir alles daran, Tina zu finden, wir beginnen mit euren derzeitigen Erkenntnissen“, erläuterte Kaspar. Lissy stand niedergeschlagen auf und setzte sich neben Justus an den Tisch. Kaspar sah Lissy und Shukran gedankenvoll an.

„Ihr Beiden, es geht hier nicht um Rücksichtnahme, sondern um die Aufklärung eines vielleicht zweiten Verbrechens. Daher ist es wichtig, dass wir der Reihe nach Hinweise, die Tina betreffen, sammeln. Millimeterweise, es darf nichts übersehen werden. Ich mache das Aufnahmegerät an.“

Später würde Nikki den Aufnahmebericht auf alle PCs der Abteilung senden. „Natürlich Kaspar, beginnen wir“, sagte Lissy und straffte ihre Schultern.

„Shukran, welche Kleidung trug Tina?“

„Die orange Regenjacke“, mitten im Satz zog eine Röte über sein Gesicht, als er Lissys ungläubige Augen sah.

„Das ist super“, rief Lissy. Mit einem mal spürte sie wieder ihre Lebensenergie.

„Bist Du nicht sauer?“, warf Shukran ein und erläuterte: „Ich sollte dir von Tina noch ausrichten, dass sie die Jacke geborgt habe.“

„Nein! Ich bin nicht sauer. Ein Glück! Bestimmt hat sie jemand mit der auffälligen Jacke gesehen.“ Kommissar Kaspar und Justus schauten sich an, ihre Augen verrieten den gleichen Gedanken. Aufmerksam schaute sie ihn an.

„Mein Verdacht ist, dass jemand Tina mit dir verwechselt hat. Du bist in großer Gefahr.“ Lissy atmete tief durch. „Ich werde sie finden!“ und begriff plötzlich, dass sie eine Gejagte war.

20: *Tina entführt?*

„Dat darf nit wohr sin“, murmelte Kaspar und schaute auf seine Uhr, 11:45.

„Justus, hältst Du für möglich, dass Tina auf Mörderjagd ist?“

„Ja, Kaspar, ich stelle mir vor, dass sie den Termin des Briefes wahrgenommen hat. Sie ist eine Kämpferin und würde für Lissy alles tun.“

Kommissar Kaspar Heimberg ging in Tinas Zimmer, um mit Frank und Guido zu telefonieren, damit hier oben in der Wohnung keine Hektik entstand, wenn sie gleich mit ihren Geräten auftauchten.

„Kollejen, eine Möglichkeit des Verschwindens wäre eine Entführung. Es ist davon auszugehen, dass Tina Weber sich nachmittags zu einer Führung im LVR-Museum Bonn aufgemacht hat, um danach von dort aus zum 19-Uhr-Treffen an der Siegfähre zu erscheinen. Wenn sie hingelockt wurde, wäre eine Entführung anzunehmen. Es geht los.“

Shukran schaltete in der kleinen Küche die Kaffeemaschine ein. Aus dem Küchenfenster sah er Wolken vorbeiziehen, wie Bergspitzen aneinandergereiht. Dieser schlaksige, große Junge mit den zu kurzen Hosenbeinen konnte seine tiefe Traurigkeit nicht mehr verbergen. Kaspar lehnte sich mit sehr ernster Miene an den Kamin, fuhr mit seinen gespreizten Fingern durch sein Haar und schaute abwechselnd auf Justus und Lissy.

„Meine Kollejen, Frank und Guido, kommen in die Wohnung, um eine Fangschaltung einzurichten, falls ein Entführer sich meldet.“

Lissy hielt ihn am Ärmel. „Denkst Du, dass Tina vom Mörder meines Vaters entführt wurde?“ Kaspar nickte kurz und begleitete Guido und Frank in Tinas Zimmer. Sie grüßten

flüchtig und nahmen ihre Arbeit auf. Als Frank sie betont sachlich ansprach, war sie froh.
„Das Adressbuch von Tina, wissen Sie ob es hier in der Wohnung ist?"
„Ja, es müsste auf Tinas Schreibtisch liegen, es ist ein gelb eingefasstes Ringbuch", informierte Lissy. Guido trat auf Kaspar zu.
„Die Fahndung läuft. Ein Suchtrupp wird von den Kollegen eingerichtet für die Strecke der Radfahrerin. Beginnend hier vom Haus bis nach Bonn zum LVR-Museum und zurück durch Beuel und bis zur Siegbrücke L 269 Unterführung Siegfähre. Wir wollen Hunde einsetzen, dafür brauchen wir ein ungewaschenes Kleidungsstück von Tina. Socken oder Unterwäsche wären ideal."
Lissy entnahm dem Wäschekorb Tinas Socken und gab diese Guido.
„Shukran, bringe mir sofort Peter hierher, egal wo er ist, wir holen ihn ab. Er ist unser dringlichster und wichtigster Zeuge. Nur mit seinen Aussagen können wir das Gebiet der Suche einengen."
Den Schmerz, zu wissen, dass es ihre Schuld war, wenn Tina was zustieß, war für Lissy fast unerträglich. Die Gefahr um ihre eigene Person war ihr total egal. Lissy biss sich auf die Lippen und presste die Fäuste gegeneinander.
„Ich jage alle, die ihr nur ein Haar krümmen! Und ich will sofort in alle Ermittlungen einbezogen werden, auch um Tina zu retten", schlug sie mit der Faust auf den Tisch.
„Ja", erwiderte Kaspar energisch. „Ich kann Dich verstehen, aber zum Jagen und Ermitteln gehört auch Geduld, das weißt Du doch! Klarwerden müssen wir uns, um was es dem Täter geht."
Seine hellen Augen verdunkelten sich tiefblau. Frank und Guido standen da und sagten nichts. „Kollejen, ich will euch kurz informieren, dass Lissy ab nächster Woche die neue Kollegin im Troisdorfer Polizeigebäude ist, Abteilung für

Kunstraub im 2. Stock." Frank und Guido nickten Lissy freundlich zu.
Großmütig und charmant meinte Guido: „Tut uns leid, dass wir Sie in einer schmerzlichen Situation kennen lernen."
Frank nickte und war froh, nichts sagen zu müssen. Shukran setzte eine Kanne Kaffee und Tassen auf den Tisch. Kaspar sah ihn an.
„Wer war der Briefbote? Beschreibe ihn und alles was Dir dazu einfällt."
„Der Bote war jung, um die 17 Jahre und roch nach stinkendem Tabak."
Kaspars Augen sahen ihn nachdenklich an.
„Was heißt stinkender Tabak für Dich?"
„Stark säuerlich, eben kein angenehmer Tabakgeruch."
„Das gefällt mir nicht. Frank, frage Otto, ob der säuerliche Geruch bei Heinrich auch vom Tabak oder nur vom Erbrochenen kommen kann."
Shukran fuhr fort: „Und Tina sah vom Fenster, dass ein älterer gelber Posttransit vor dem Haus hielt, mit einer seitwärts geöffneten Tür. Im Inneren des Autos lag ein Fahrrad."
Kaspar gab Guido ein Zeichen.
„Versuche zu klären, ob ausgediente Postwagen in unserer Region zugelassen sind."
Guido nickte und gab Notizen in sein Smartphone ein. Kaspar hasste es, wenn er puzzeln musste, bis er alle dringend nötigen Informationen zusammen hatte. Aber das war seine Aufgabe. Und er war gut darin. Er griff nach Shukrans Skizze und schrieb „Analyse" in ein freies Feld. Justus zögerte einen Moment, bevor er in seinem Kaffee rührte, danach schaute er in die Runde. „Als Motiv kannst Du auch den Brückeneinsturz aufschreiben. Aber Wahnsinn liegt am Nächsten. Wahnsinn! Eine zwanghafte Einbildung, das kann der Fingerzeig sein."

Grübelnd nickte Kaspar. „Das waren auch schon unsere Gedanken."
Er winkte Frank und Guido an den Tisch. „Kollejen, es ist gleich zwölf, wir halten die Besprechung hier ab, um vor Ort handeln zu können. Informiert doch bitte die Anderen, dass wir uns nachmittags alle im Kommissariat treffen."
„Justus, was kannst Du uns alles über Wahnsinn sagen, würde Wahnsinn auch Gift erklären?" Justus rieb sich die Nase und referierte konzentriert: „Der Wahn ist die einzige Wirklichkeit für den Betroffenen. Er ist vollkommen in seiner Welt gefangen. Manchmal können Wahn und Realität nebeneinander bestehen. Die einzige Möglichkeit, dies zu erkennen, ist für mich die Sprache des Täters zu lernen. Die Erscheinungsformen, die hier zutreffen könnten, wären Heilswahn, Abstammungswahn, oder Welterneuerungswahn."
Staunen, Hoffnung, aber auch Ratlosigkeit erschien in den Gesichtern. Justus erinnerte sich schwach an einen alten Fall. Er war nervös und musste zuerst seine Magennerven beruhigen. Hastig schüttete er seinen Kaffee runter. „Ich gehe schnell zur Marlene, um Nervennahrung zu holen."
„Justus, warum hast Du mir nicht gesagt, dass Marlene jetzt ihren Kiosk in Troisdorf hat?" „Darüber habe ich gar nicht nachgedacht", meinte Justus zu Kaspar. „Bringst Du mir bitte ein Milchbrötchen mit", flüsterte Lissy ihm ins Ohr. Justus nickte und lief die Treppe herunter ins Erdgeschoss, zum Kiosk um die Ecke. Kaspar setzte sich an den Tisch, um ausführlich mit Frau Dr. Blum zu telefonieren.

21: *Marlenes Troosdorfer Kiosk*

Es dauerte einen Moment, bis sich ihre Blicke trafen. Marlene breitete weit ihre Arme aus. „Dr. Justus Tanner!“ Ihr Gesicht leuchtete, die ganze Körpersprache strahlte pure Freude aus über das Wiedersehen.
„Na, minge ahle leeve Jung.“ Ihre braunen Augen funkelten. Sie trug ein schwarzes Herrenoberhemd salopp über einer Leggins. Ihre blonden Naturlocken hielt sie seitwärts mit einer Haarklammer zusammen. Justus breitete genauso seine Arme aus und ging ihr entgegen: „Marlene, mein Engel!“
Eine innige Umarmung ließ beide spüren, dass sie sich endlich gefunden hatten. Sie zog Justus liebevoll an seinem schulterlangen grau meliertem Haar und strich über seine graue Allwetterjacke.
„Schöne Farbe, Ton in Ton.“ Er schmunzelte und wusste, was sie meinte. „Du wors vell ze lang net mie bei mir.“ Justus nahm sie in den Arm.
„Das stimmt“, flüsterte er, „ich habe Angst vor meinen Gefühlen.“
„Dat hürt sich nach Verteidijung an.“ Sie drückte seinen Arm.
Er lächelte verschwörerisch und seine blaugrünen Augen funkelten. „Aber jetzt auf Hochdeutsch, auf Dauer ist Dialekt für mich anstrengend“, zwinkerte er ihr zu.
„Als ob Du dat rheinische Platt net verstehst, aber ich tu Dir den Jefallen, Du weiser Mann“, meinte Marlene und kringelte ihre Haarspitzen zwischen den Fingern.
„Du bist weise, meine Liebe. Seitdem Dein Kiosk nicht mehr ein Büdchen ist, sondern eingegliedert in Deiner Erdgeschosswohnung, ist er für viele Besucher Anlaufstelle für Trostsuchende und Einsame.“ Er sah sich um. Der Verkaufsraum wirkte freundlich und heimelig mit zwei typisch,

wunderschönen Hawle-Bildern an der Wand. Gut sortierte Regale mit Zeitschriften und Geschenkartikeln. Briefpapier und Stifte lagen geordnet auf einem alten Sekretär. Eine Kühltheke stand an der Wand mit verführerischen Eisangeboten. Hinter der Frischetheke stand ein Stuhl, das war der arbeitsintensivste Platz. Drei kleine Naturholztische mit bunten Stuhlkissen und der passenden Tischdecke erzeugten eine gemütliche Atmosphäre.
„Für jeden hast Du das richtige Wort parat und vielen gabst Du ein Dach überm Kopf."
„Ja das stimmt, ich hann e jroßes rheinisches Häz", lachte Marlene ihn an.
„Es ist so schrecklich mit Heinrichs Tod und ich sehe Unruhe in Deinen Augen." Justus lehnte sich an den alten Sekretär neben dem Zeitungsregal.
„An Lissy komm ich nicht ran, sie steht noch unter Schock, weil Ihr Vater keines natürlichen Todes gestorben ist." Justus nickte.
„Als ob Heinrich eine Ahnung hatte. Bevor ich meine USA-Reise antrat, musste ich versprechen, mich um Lissy zu kümmern, wenn ihm irgendwann etwas zustieße." Marlene schaute ihn mitfühlend an und bekam im Moment kein Wort heraus. Über seine feuchten Augen wischte er mit dem Ärmel. „Das wird mir jetzt erst bewusst."
Er schaute sie tieftraurig an. „Und jetzt ist Tina verschwunden."
„Moment, Tina habe ich gestern, ca. 17:00 Uhr, auf dem Rad gesehen, sie fuhr durch Beuel sicherlich zum LVR-Museum", war Marlene froh, sagen zu können. Justus nahm Marlene an beide Hände. „Was kannst Du mir noch über Tina sagen?"
„Sie hat mir zugewunken und trug eine orange Regenjacke." Justus nickte.
Marlene stöhnte laut. „Jetzt lass Dir nicht alles aus der Nase ziehen, Justus, seit wann vermisst Ihr Tina?"

„Sie hatte gestern Nachmittag eine Führung im Museum und ist nicht aufgetaucht. Und sie ist überhaupt nicht zu Hause angekommen."
Marlene schaute ihn entgeistert an. „Aber wie wir Tina kennen, könnte sie auch jemanden getroffen haben und dort übernachtet, sie taucht bestimmt bald wieder auf", versuchte sie Justus zu beruhigen.
„Aber sag mir, was genau ist mit Heinrich passiert? Wer macht denn so was? Ich wollte Lissy im Laden nicht darauf ansprechen."
Justus wiegte mit dem Kopf. „Das erzähle ich Dir später noch."
„Mein Gott! Heinrich! Es ist lange her. Ich habe ihn mal geliebt."
„Warum seid Ihr nicht zusammen geblieben?"
„Dieser Mann tat alles für mich, aber er blieb ein Einzelgänger. Heinrich hat selber unsere Verbindung gelöst mit dem Satz, er sei eben ein alter Sturkopf. Vielleicht ist wegen seiner Art Lissy so früh aus dem Haus." Marlene weinte, Heinrich stand ihr wohl näher, als sie zugeben wollte. Justus nahm sie in den Arm.
„Marlene, Du bist auch meine beste Freundin." „Ja, die bin ich."
„Hast Du was dagegen, wenn ich Kommissar Kaspar Heimberg zu uns bitte, damit Du ihm über Heinrich erzählst?"
Marlene schnäuzte sich. „Ach der Kaspar, von ihm hatte Heinrich erzählt. Ich habe ihn auch mal kurz kennengelernt."

22: *Marlenes Statement*

Kommissar Heimberg traf bald ein und begrüßte sie freundlich. Er freute sich über die extra starke Tasse Kaffee.

„Marlene, ich wusste garnet, dat se den Kiosk im schönen Troosdorf haben und hier wohnen."

„Ich hatt Sehnsucht no mingem Elderhuus und et erjab sich im letzte Johr für mich die Jelegenheit he ze wonne. Da sich Troisdorf mit all singer neuen Gebäude erweitert, wüdd ene Troosdorfer Kiosk juut hierhin passen, han ich mir jesaat."

Kaspar nickte freundlich. „Nä, iss dat für ne furchtbare Mittwoch. Dann will ich anfangen mit dem, was mir über Heinrich in den Sinn kommt", begann Marlene.

Justus schob sich vor, weil ihm etwas einfiel: „Hatte Heinrich nicht zuletzt Stress mit seiner Wasseranalyse?" „Ach Du meinst, weil er den angrenzenden Firmen an Sieg und Rhein aufs Dach steigen wollte."

„Ja, genau." „Die haben ihn, glaube ich, nicht wirklich ernst genommen", klärte Marlene auf.

„Was fällt Dir zum Thema Brücke ein? Ich erinnere mich, dass Ihr beide Euch zu dieser Zeit nahe standet", fragte Justus. Marlenes Wangen glühten vor Eifer.

„Das liegt alles so viele Jahre zurück. Das war 1975/76. Die Schäferfamilie musste ihre Weide räumen und ihr Holzhaus wurde abgerissen. Das war eine traurige Sache. Der Schäfer war das große Opfer an dem ganzen Projekt. Natürlich war Heinrich hin- und hergerissen. Wichtig war ihm, dass die Welt näher rückte innerhalb des Rhein-Sieg-Deltas, mit einem direkten Weg nach Bonn. Daher hat er sich mit vielen Politikern angelegt und durchgesetzt, dass der Brückenbau im Einklang mit der Natur geschah. Als die Brücke fertig war, hat er noch organisiert, dass am Hang der

Brücke Weidensträucher und seltene einheimische Büsche angepflanzt wurden. An allem, was Du heute siehst entlang der Brücke, hatte er großen Anteil dran. Borniertheit, Sturheit, Verbohrtheit sind einige der Schlagzeilen, die ihm Verantwortliche verpasst haben. Überschattet wurden die Bauarbeiten wenige Monate nach dem Beginn vom plötzlichen Einsturz der Vorlandbrücke an der Sieg.
Der eingestürzte Teil musste gesprengt werden. Erstaunlicherweise ist keinem Menschen was passiert. Danach ging alles glatt."
Jeder nickte vor sich hin, Kommissar Kaspar und Justus schauten wie gebannt auf Marlene. „Aber Heinrich hat den Politikern verdammt auf die Füße getreten. Er betonte oft, als direkter Abstamme derer von Berg sei er in der Verantwortung", schloss Marlene ihren Vortrag.
„Und er fügte allem seinen ganz eigenen Kommentar hinzu", erwähnte Justus.
„Klar, Du weißt wie er war." Aufgewühlt setzte sich Marlene hin und hielt die Hände vors Gesicht. Kommissar Kaspar fasste alles in einem Satz zusammen: „Er hatte also nicht nur Freunde?" Und beide nickten.
„Hm", rieb sich Kaspar das Kinn, „Was hat das alles mit den Ahnen „von Berg" zu tun?" *„Das Herzogtum von Berg hatte früher hier die Macht bis 1806. Napoleon übertrug die Länderei an seinen Schwager Marschall Joachim Murat. Berg wurde um das Herzogtum Kleve und die ehemals kurkölnischen Ämter Vilich, Schwarz Rheindorf und Königswinter erweitert und zum Großherzogtum erhoben."*
Kaspar pfiff durch die Zähne. „Sollte ein wahnsinniger Historiker da ein Motiv sehen?"
Justus wiegte seinen Kopf hin und her. „Auf jeden Fall müssen wir es in Erwägung ziehen.
„Ich habe alle Bücher von Heinrich hier, vielleicht finden Sie darin die Lösung", stellte Marlene fest. Sie wandte sich Justus zu. „Zuerst aber die Nervennahrung. Geh zu Shukran

und Lissy hoch und nimm Kartoffelsalat und de Frikadellschen mit und zwei Milchbrötchen für mein Mädchen!"
„Marlene, Du sorgst für uns wie eine Mutter, bist gut für Leib und Seele."
Während Justus mit dem appetitlich verpackten Essen zu Shukran und Lissy ging, wartete Kommissar Kaspar auf die Heimatbücher des Heinrich von Berg. Das kam ihm nicht ganz ungelegen, um alleine mit Marlene zu reden.

23: *Mittwoch, 14 Uhr, Wohngemeinschaft*

Hektisch stopfte Lissy ein Milchbrötchen in den Mund, so dass Justus sich schon ängstigte, sie würde daran ersticken. Shukran pickte wie ein Vögelchen von dem leckeren Essen. Die Stimmung glich einer niedergeschlagenen Trauergemeinde. Die Türklingel versetzte alle in Aufruhr. Kommissar Kaspar brachte einen Stapel Bücher von Heinrich von Berg. Diese legte er auf den Tisch. Bevor er sich setzte, kam die Frage: „Wurde Peter erreicht?"
„Ja, er ist mit seinem Motorrad unterwegs und müsste gleich hier ankommen", hoffte Shukran. „Dat krieje ich net in de Kopp. Das dauert mir viel zu lange", kritisierte Kaspar scharf. Wir haben jetzt 14 Uhr, wenn er in den nächsten 10 Minuten nicht eintrifft, wird er in Handschellen hergebracht." Shukran nickte nur. Er wusste inzwischen auch, wenn der Kommissar ungeduldig wurde und reines Hochdeutsch sprach, straffte er die Zügel. „Jede Minute zählt." Er murmelte noch: „Un wenn der Düvel ob Stelze kütt."
Betriebsam klärte Kaspar zwischendurch mit seinen Kollegen den weiteren Ablauf. Etliche Telefonate führte er in der Küche. Das oberste Buch schlug er dort auf, wo die Seite 65 erschien. Justus beobachtete tanzende Regentropfen auf Kaspars Haaren, sie würden sich gleich auflösen und wären nicht mehr zu sehen. Vergänglichkeit. Die aufgeschlagene

Seite war für Lissy wie eine körperliche Qual. Sie hielt die Hand vor dem Mund, um nicht zu schreien. „Lissy", begann Kaspar und setzte sich zurück an den Tisch.
„Die herausgerissene Seite, die wir bei Deinem Vater gefunden haben, lassen wir von den Kollegen der Technik untersuchen. Mir geht es um Druckstellen und eventuell Schweißabsonderungen. Weiterhin wird der komplette Inhalt des Paketes aus der Pathologie auf den Kopf gestellt. Vor allem, welches Gift herausgefiltert werden kann."
Lissy nickte, sie sah elend aus. Behutsam sprach er weiter.
„Es ist noch schwierig, ein Motiv zu bestimmen, warum man Deinem Vater dies angetan hat. Die Kollegen checken mehrere Möglichkeiten. Die Ahnenforschung ist naheliegend, weil sie in diesem ominösen Brief stand, aber nicht wirklich greifbar für mich. Die Ahnen können genauso gut eine falsche Fährte sein." Er nahm ein zweites Buch und schlug auch hier die Seite 65 auf. Kommissar Kaspar las vor: „Die neue Siegbrücke! Das Landesstraßenbauamt Bonn und die beteiligten Firmen leisteten hervorragende Arbeit, denn der Zeitrahmen wurde trotz des Einsturzes eines 45 Meter langen Teilstückes der Vorlandbrücke zwei Jahre zuvor erheblich unterschritten. Die 600 Meter lange Brücke mit rund drei Kilometern Straße wurde am 23.2.1976 eingeweiht. Mit der Brücke wurde eine optimale Anbindung an das dichte Autobahnnetz des Bonn-Siegburger-Raumes geschaffen. Die bisher als Barriere wirkende Sieg war Vergangenheit. Die Brücke wurde in die Siegaue integriert."
Kaspar schaute in die Runde. „Ein Ausschnitt aus der Bonner Rundschau ist sehr interessant: *„50 Jahre Kampf um die Brücke sind nun zu Ende; ein Kampf, der in allen möglichen Formen ausgetragen wurde. Angefangen von einigen Dutzend Gewerbetreibenden aus Beuel und Bonn, die 1925 an das Landratsamt unterzeichneten, auf die unbedingte Notwendigkeit der Herstellung einer Siegbrücke bei Bergheim hinzuweisen."*

„Das ist ja hochinteressant. Hat sich damit herausgestellt, dass die falsche Seite 65 herausgerissen wurde?", fragte Justus nachdenklich.
„Das ist auch meine Überlegung und darum tendiere ich zu einem Motiv, das den Brückenbau betrifft. Starrsinniger Historiker." Zu Lissy gewandt legte er dar: „In dieser Zeit hatte Dein Vater eine Menge Konflikte."
Sie runzelte die Stirn und wurde sehr nachdenklich. „Was weiß ich von meinem Vater?" „Justus", erkundigte sich Kaspar. „Justus, hast Du noch den direkten Kontakt zur Stadtverwaltung Troisdorf und dem Verwaltungsamt des Rhein-Sieg-Kreises wegen Baubeschreibungen und allem was mit dem Brückenbau zusammenhängt, von 1974-1976?"
„Ja, das kläre ich. Der Bürgermeister hat in der Burg Wissem Sprechstunde, in Anbetracht der brenzligen Situation wird er uns auf direktem Wege helfen. Auch wenn wir zuletzt einen kleinen Zwist hatten wegen der Genehmigung des Namens „Troosdorfer Kiosk", aber gegen die Befürworter des Kulturgutes „Rheinischer Dialekt" konnte er sich nicht mehr lange wehren. „Jo su isset. Sehr juut", sagte Kaspar und machte sich eine Notiz. Inzwischen lief Justus wie ein Tiger im Käfig. Wenn die Brücke der Grund ist, dachte er sich, dann sollte der Taxifahrer mit seinem intensiven Wissen über Heinrich mal überprüft werden. Ein paar Notizen legte er sich zur Seite. Daraufhin beruhigte er sich ein wenig. Erst wollte er Peters Aussage abwarten. Frank und Guido arbeiteten Schritt für Schritt die Erkenntnisse durch.

24: *Mittwoch, 14:30 Uhr, Peters Info*

Der Kommissar räusperte sich, schwieg aber. Die Betroffenheit war zum Greifen spürbar. Leichenblass flüsterte Lissy: „Mein Gott, Tina, wo bist Du?"
Wieder schreckte die Türklingel alle auf. „Peter", stieß Shukran einen Schrei aus wie eine abgeworfene Last. Peter in seiner Motorradkleidung schockte die übrigen Anwesenden. Triefend nasse Haare, hielt er seinen schwarzen Helm in der Hand. Als ob ein Wasserhahn aufgedreht wurde, floss das Wasser an ihm herab. Draußen tobte ein heftiger Regenschauer. Feuerwehrsirenen drangen durch die geschlossenen Fenster.
Atemlos rief er: „Was ist mit Tina, wo ist sie?"
Er verlangte eine Antwort. Kaspars Ungeduld wuchs. „Wir suchen nach ihr, darum sind Sie hier, Sie sind unser dringendster Zeuge. Wieso waren Sie so schwer erreichbar?"
„Jetzt bin ich hier", trotzte er. Shukran verdrehte die Augen. Shukran sah Peter mit eigenartigem Blick an und hielt ihm ein Handtuch hin.
„Bitte sagen Sie uns, was Sie wissen", drängte ihn Kaspar. Jeder deutete Peters Zaudern anders. Nervös warteten alle darauf, was er zu berichten hatte. Alle bemühten sich, kein Geräusch zu machen. Lissy sah Peter mit giftigen Augen an. „Ich zweifle nicht daran, dass hier für dich eine Drucksituation ist, leg aber endlich los!"
Peter stand noch wie angewurzelt, nur sein Helm lag auf dem Handtuch. „Ist gut, aber ich begreife die Aggressivität nicht, es geht doch um Tina."
„Eben! Ihr Zögern kostet uns wertvolle Zeit. Tinas Zeit."
Peter nickte und schloss kurz die Augen. Danach sprach er konzentriert, von dem Beginn an, als er Tina getroffen hatte, was sie von dem Doofmann auf der Brücke geschildert hatte,

bis er sie nach Hause schickte. Er setzte sich und seufzte laut. Tränen traten in Shukrans Augen. Kaspar und Justus sprangen gleichzeitig auf.
„Noch mal die Beschreibung des Radfahrers“, schrie Kaspar. Peter zuckte zusammen, gab aber gleich die Angaben.
„Die Postkarte der Siegfähre ist wichtig“, brüllte Justus dazwischen. Für Kaspar stand als erstes fest, die Suche einzukreisen auf die Kennedy-Brücke und die direkte Umgebung, höchstwahrscheinlich Beuel und er gab bereits seine Instruktionen über Handy an die Kollegen. „Frau Dr. Blum, es ergibt sich eine heiße Spur über Tinas Verschwinden in Beuel. Wir sind unterwegs.“ „Auf nach Beuel.“
„Ich halte es nicht mehr aus, Tina ist seit gestern Abend verschwunden, ich suche sie mit!“ Lissy zog ihre Laufschuhe an.
„Nein!“ Justus und Kaspar schüttelten gleichzeitig energisch den Kopf. Justus erschrak und nahm Lissys Hand.
„Bitte, bleib noch.“ Er wusste, dass Lissy ihre Pistole in ihrem Schreibtisch hatte und wollte sie keinen Moment aus den Augen lassen. Kaspar zugewandt, beanstandete Justus: „Woher bist Du Dir so sicher, dass der Täter in Beuel ist?“
„Das ist zwischen LVR-Museum Bonn und Siegfähre. Er hatte ihr auf der Beueler Brücke aufgelauert und wird sie zurück erwarten und vor der Siegfähre abfangen wollen. Im Verkehrsbetrieb fällt das nicht so auf. Ich stelle mir vor, dass dieser Kontakt zu seinem Plan gehört“, antwortete Kaspar.
„Der Brief war der Lockvogel!“
„Ja, die Postkarte mit dem Bild des Siegufers ist das Ziel und der Termin, wo er sie hinhaben wollte“, pflichtete Justus mit tiefer Stirnfalte bei.
„Ja, das ist so, aber wir wissen von Peter über den Zusammenstoß auf der Kennedy-Brücke in Beuel. „Wir müssen in Beuel beginnen, dort ist die Spur heiß“, ordnete Kaspar an.
„Bitte Justus“, Kaspar legte seine Hand auf Justus Schulter.

„In Beuel ist der Anfang und der Weg führt womöglich zur Brücke am Siegufer; wenn wir dies als Motiv nehmen, was oder wer fällt dir spontan ein?"
„Der Taxifahrer schien mir sehr fixiert auf Heinrichs Bücher zu sein, obwohl er nicht in das Bild eines fanatischen Historikers passt oder gar eines Wahnsinnigen. Aber wie sagte ich vorhin, manchmal können Wahn und Realität nebeneinander bestehen, ohne sich dabei zu stören. Wichtig ist, die Sprache des Täters zu lernen!"
Erzürnt blickte Lissy in die Runde, sie fühlte sich von allen im Stich gelassen.
„Ihr habt es noch nicht begriffen, oder?"
„Was?", schaute Justus aufgewühlt auf Lissy. „Vaters Mörder ist hinter Tina her!"
Justus erfasste in ihren Augen den Hilfeschrei, die Ohnmacht. Kaspar konnte sich jetzt nicht um Lissy kümmern. Fürsorglich nahm Justus sich Lissy an; obwohl seine Gedanken explodierten, meinte er, vieles zur gleichen Zeit machen zu müssen. Er musste Genaueres vor Augen haben, bis er sich auf einen Verdächtigen festbiss. Der Taxifahrer lief nicht weg.
„Lissy, sage mir Deine Analyse." Seine tiefe Stirnfalte zeigte seine Angespanntheit. Er wollte Lissy in seine Gedanken über das Wahnsystem einbinden und gleichzeitig konnte er sich Notizen dazu machen. Lissy sah ihn wortlos an, sie hatte sich wieder unter Kontrolle, denn hier ging es um Tinas Leben.
„Wenn es mit Vater zu tun hat", folgerte sie, „dann kann es nicht der Taxifahrer sein. „Der Täter ist entweder aus der Heimat oder einer der Brückengegner von damals. Es ist denkbar, dass sich Vater noch Jahre später mit ihnen gezofft hat und sie gerieten auf einer persönlichen Ebene in einen ‚Krieg', der auch im Wahn enden könnte."
„Ja, das ist die Richtung, in die wir gehen müssen", pflichtete Justus aufmerksam bei.

Sein Täterbild nahm langsam Gestalt an.
„Hoffentlich kommen wir nicht zu spät", murmelte Lissy.
Justus nickte. Peter hatte sich endlich aus seiner Motorradkluft befreit und saß wie ein Pfau mit einem Glas Wasser in der Hand neben Shukran.
„Warum ist Ihr Haar nass, obgleich Sie einen Helm haben?", befragte ihn Kaspar und ließ ihn nicht aus den Augen. Er hatte vorher diesen noch nicht zu deutenden Blick zwischen Shukran und Peter gesehen. „Auf dem Weg zum Motorrad wurde ich vom Regen überrascht", meinte Peter lässig und strich seine lockere Haarsträhne aus der Stirn mit einem verstohlenen Blick auf Shukran.
„Wo stand denn Dein Motorrad?", attackierte ihn Shukran.
„In Bad Godesberg, ich war nach der Auktion noch eingeladen."
Kaspar hatte die Situation der beiden entwirrt. Die beiden waren in der Tat ein Liebespaar mit verschiedenen Ansichten über die Treue. Er zuckte mit den Schultern. Über die Verdachtslage besprach er sich mit seinen Kollegen im Auto.
„Frank, überprüfe den Dienstplan im Landesmuseum. Lass dir von der Leiterin Tinas Führungsstil erklären. Wir müssen uns in ihre Arbeit hineindenken können."

25: *Zweite Botschaft*

„Kaspar will mir ein Hassgefühl gegen Heinrich einreden, das werde ich ihm aber ausreden müssen", ärgerte sich Marlene.
Kommissar Heimberg war erst ein paar Minuten weg, da schlenderten Marlenes Stammkunden in den Verkaufsraum des Kiosks. Mit lautem Hallo begrüßten sie ihre Freundin. Marlene stellte ihre überdimensionale Tasse ab mit der Aufschrift: „Jeder Jeck iss anders".

„Na Ihr zwei, wie sieht et aus?", leitete sie die zwei jungen Männer an den Ecktisch.
„Mir tun die Füße weh und ich habe Durst", sank Norbert erschöpft auf den Stuhl.
„Marlene, es war wieder alles schlimm bei mir, ich hatte vergessen, den Antrag an das Arbeitsamt zu stellen, jetzt bekomme ich morgen keine Unterstützung, ich hasse es, morgens wach zu werden und keinen Cent mehr in der Tasche zu haben", redete Olaf mit Arm und Bein.
„Wie kannst Du so blöd senn, dat Wichtigste zo verpennen! Du schaffst et in keenem Job zo bestonn, wenn Du ding Levve net bald in den Griff kriegst", ereiferte sich Marlene.
„Dat is en Sach des Willens! Ming Hoffnung für Dich wor, dat Du bald us der johrelange Arbeitslosigkeit raus küss und jetzt soll ich im Arbeitsamt mol wedder alles für Dich richte?" Der trostlose Wolkenzug beim Blick aus dem Fenster verstärkte den Verdruss.
„Mensch Olaf, anscheinend musst Du in regelmäßigen Abständen in der Scheiße stonn, domit u dinge Kopp einschaltest", ärgerte sich Marlene.
Olaf entgegnete. „Ich komme direkt vom Arbeitsamt, bin zu Fuß hierhin und habe meinen Antrag nachgereicht, ich will mein Leben selber regeln, aber es ist jetzt passiert."
„Wieso kriegst Du keen Arbeed, Du bist doch Handwerker, he widd sovell jebaut." Während Marlene kopfschüttelnd zu ihrer Frischtheke ging, schauten die beiden jungen Freunde ihr hoffnungsvoll hinterher. Es roch nach frischen Brötchen. Marlene war dennoch beeindruckt von dem guten Willen, zeigte es wohlweislich nicht.
„Ich bringe üch Brot, ne Salami, nen Kante Botter und en Kann Kaffee, Zijaretten und Bier jibt et nicht. Övvermorjen kriegt ihr wedde Essen, dat maachen mir dann noch zwei Daach. Dann häste et Jeld vom Arbeitsamt. Ävver nix Bares!"
„Was würden wir ohne Dich machen, Du bist unsere Festung, Marlene", strahlte Olaf.

„Ja juut und jetzt ab mit üch. Ich han noch andere Kundschaft."
Sie sah über das Zeitschriftenregal hinweg einen Mann mit einer tief in das Gesicht gezogenen Kappe und rief ihm zu, ob sie ihm helfen könne. Zur gleichen Zeit hatte die siebenjährige Katrin abgezähltes Geld für den Zeichenblock und wartete noch auf die kleine Tüte Gummibärchen, die jedes Kind von Marlene geschenkt bekam. Ihr Herz machte jedes mal einen Hüpfer, wenn das Gesicht der Pänz lachte. Der Herr an dem Zeitungsständer war weg, wie in Luft aufgelöst.
„Der hatt keen Zick", brummelte sie vor sich hin.
„Ach Marlene", keuchte Winnie, „ich brauche dringend eine Fotokopie, in 10 Minuten kommt der Bus."
„Maach sie selber, bezahle kannste morjen."
„Danke", rief Winnie, „und am Kopierer liegt ein Brief, den hat der Mann eben liegen gelassen."
Es war kein Brief, ein zusammengefaltetes DIN-A4-Blatt. Marlene faltete das Blatt auseinander und las.: *Für Lissy von Berg „Lügen strafen!" Ein Zeuge.*

Marlene schüttelte heftig den Kopf:
„Dat darf doch net wohr senn!"
Ihre Hände zitterten so sehr, dass sie kaum im Handy Justus' Nummer drücken konnte, um ihn zu rufen.

26: *Mittwoch, 15 Uhr*

Justus lief zwei Stufen auf einmal hinunter, stieß auf dem Bürgersteig gegen die graue Mülltonne und riss stöhnend die Tür zum Kiosk auf. Marlene hielt ihm das Blatt entgegen. Er las und flehte zum Himmel: „Lieber Gott, lass das Schlimme ein Ende nehmen."

Helle Strahlen durchbrachen die Wolken, nur in Richtung Siegburg hingen die Schauer. Er eilte zurück in die Wohnung, wo ihn entsetzte Gesichter anstarrten.
„Was ist passiert?“, rief Lissy. Wortlos übergab Justus das Blatt an Kaspar.
„Lügen strafen“, las er laut.
Anstelle einer Antwort setzte Kaspar sich hin und wiederholte x-mal diese beiden Wörter. Stand auf, zögerte einen Augenblick und behauptete: „Er spielt sein böses Spiel. *„Lügen strafen“* könnte heißen, warum kam Tina anstatt Lissy, oder er geht zum Ursprung, zu seinem vermeintlichen Feind Heinrich von Berg.“
Lissy fühlte sich wie in Eis geschlagen, starre Gesichtszüge und ihre schwarzbraunen Augen starr wie eine Tote, obwohl ihre Gedanken Achterbahn fuhren. Sie spulte Tinas und ihre Berührungspunkte ab. Worauf beziehen sich diese beiden Wörter? Es herrschte einen ewig langen Augenblick eine gespenstische Stille. Da hinein kam der Anruf der Bonner Kollegen. Beim dritten Schlag der Uhr, nachmittags, wurde Lissys orange Jacke gefunden.
Die Ereignisse überschlugen sich. Mit Blaulicht jagten Frank und Guido, die schon unterwegs waren, zum Konrad-Adenauer-Platz, Beuel. Troisdorf bis Beuel in acht Minuten mit Martinshorn. Bremsen und Aussteigen war eins. Kaspar lief zu dem Bonner Kollegen, der im Hauseingang eines Mehrfamilienhauses stand und den Fundort begutachtete. Lissy und Shukran fuhren mit Justus. Wie ein Funke schoss Kaspar dieses Orange der Regenjacke entgegen. Lissys orange Regenjacke, die Tina getragen hatte, hing wie eine Trophäe über dem Griff eines Bollerwagens, wie eine Leuchtreklame. Blitzschnell wurde der Bürgersteig mit rotweißem Band abgesperrt. Lissy und Shukran standen vor dem Band. Sie konnten den Bollerwagen und die Regenjacke sehen. Jeder suchte des anderen Hand. Wie zwei verlorene Kinder schauten sie fassungslos auf diese Szenerie. Tim,

im weißen einteiligen Schutzanzug, zeigte auf das fehlende vierte Rad. Ein normaler Bollerwagen, wie er in Kinderhaushalten benutzt wird. Der Kollege sprach in das Aufnahmegerät: „Das vordere rechte Rad mit Blut beschmiert, dass rechte hintere Rad fehlt, der Lack der gesamten Holzflächen abgenutzt, nicht lesbare bläuliche Beschriftung seitwärts. Dunkle Flecken auf den überdachten grauen Steinplatten, 30 Zentimeter vor dem Bollerwagen höchstwahrscheinlich Blutflecken."
Es war ein Tatort. Aber von Tina fehlte jede Spur. Kaspar hatte Gummihandschuhe und Überschuhe übergestreift und nahm die kaum lesbare Schrift in Augenschein.
„Da müssen die Kollejen des Kriminaltechnischen Dienstes dran." Uniformierte Beamte sperrten den Konrad-Adenauer-Platz komplett ab, diesen zentralen Verkehrsknotenpunkt für Busse und Bahnen. Der gesamte Verkehr sollte für eine halbe Stunde lahmgelegt werden. Mehr Zeit hatten sie nicht, andernfalls drohte ein Verkehrskollaps. Die Spurensicherung fand im Rinnsal des Bürgersteiges ein Gummihaarband, das von Tinas Pferdeschwanz sein könnte, und einen abgebrochenen Zahn.
„Frank", rief Kaspar zu seinem Kollegen, „teile mit den Bonner Kollegen die Mannschaft ein für die Befragung der Bewohner."
Viel Geduld war erforderlich, um die Befragung durchzuführen, obwohl die knappe Zeit drängte. Doch die Bonner und Troisdorfer Kollegen waren ein eingespieltes Team, denn alles lief ab ohne viele Worte. Kaspar stand noch im Hauseingang und seine Gedanken kreisten in seinem Kopf.
„Otto", forschte er beim Kollegen nach, „wie alt schätzt Du die Blutflecken auf den Steinplatten?"
„Mindestens 10 bis 14 Stunden. Ich fürchte, Tina hatte bereits gestern Abend einen Kampf mit dem Entführer oder …" Er brach ab.

Kaspar atmete schwer. Justus Tanners Einschätzung brauchte er dringend. Denn hier endete die Spur wie abgeschnitten. Ein Friseur meldete sich und sprach laut mit Frank, dass er ein junges Paar gesehen habe, das einer Frau auf die Beine half. Er dachte sich, die junge Frau mit den blonden Haaren wäre mit ihrem Fahrrad gestürzt und die beiden jungen Leute würden ihr helfen. „Siegaue", rief Lissy in Richtung Kaspar.
„Sie ist in der Siegaue, ich spüre das. Tina wollte ihn vorführen. Ich kenne meine Freundin", rief sie, während ihr die Tränen in die Augen schossen.
„Fahren wir mit Justus?", rief sie Shukran zu, der neben Peter stand.
„Und ich, wie kann ich helfen?", fragte Peter merklich bedrückt.
„Geh fort", sagte Shukran und drehte sich weg.

27: *Dienstag, Tinas Höllentour*

Tief in Gedanken versunken war Tina vom Bonner Museum auf dem Weg nach Hause. Ihr war die falsche Hoffnung klar geworden, für Lissy diese Situation zu lösen. Mit ihrem Mountainbike zockelte sie enttäuscht in Richtung Brücke, um dabei ihre Gedanken zu ordnen. Wie war der Text des Briefes zu bewerten? Besonders deutlich kam ihr die Unterschrift „Der Zeuge" in den Sinn. Hatte der Mörder von Lissys Vater unterschrieben? Je mehr sie darüber nachdachte, um so mehr ängstigte sie sich. Mit einem Male ersehnte sie, schnell zu Hause anzukommen, um mit Shukran und Lissy in Ruhe den Brief zu besprechen. Und Morgen wollte sie für das Mountainbike-Rennen am nächsten Sonntag trainieren. Sie liebte ihr super Rad. Den Scheck ihrer Mutter hatte sie diesmal eingelöst, um sich dieses besondere Fahrrad kaufen zu können. Sonst hatte sie die letzten fünf Jahre jeden Cent

ihrer Mutter zurückgewiesen. Sie war von Kindheit an zu oft verletzt worden. Nur mit Geld meinte sie, ihrer Tochter Liebe zu zeigen. Geborgenheit hatte Tina nie gespürt.
Die „Moby Dick“ tauchte unter der Brücke auf. Dieses Walfisch-Schiff fuhr regelmäßig zum Kölner Zoo oder zum Schokoladenmuseum. Lissys Vater hatte ihnen eine Fahrt als Willkommensgruß spendiert. Sogar heiraten konnte man auf dem Schiff. Im Nu hatte sie die Kennedy-Brücke überquert und flugs war sie am Konrad-Adenauer-Platz. Tina atmete auf, um doch gleich wieder angespannt an den Termin an der Siegbrücke zu denken. Es war nicht mehr weit zur Siegaue. Unter der Brücke wollte sie auf den Briefschreiber warten. Ein Schauer lief ihr über den Rücken. Der Mann mit dem schwarzen Helm stand angelehnt an der Baustellenabsperrung gegenüber der Haltestelle. „Scheiße“, zürnte sie, „der Doofmann.“ Ihre Gedanken überschlugen sich.
„Ist das der Briefschreiber? Ist es der Mörder von Lissys Vater? Hatte er mich die ganze Zeit provoziert? Warum?“, sprangen ihre Fragen blitzschnell durch den Kopf. „Was soll ich tun? Shukran anrufen oder mit dem Rad losbrausen?“ Warum hatte sie für einen Bruchteil einer Sekunde das Gefühl, dass die Flucht misslingen könnte? Auf geht's, Augen zu und durch, ohne ihn eines Blickes zu würdigen. Die Holzstange sah sie nicht, die er blitzschnell in ihre Speichen hielt und an einem Zipfel ihre Regenjacke festhielt. Durch diesen plötzlichen Ruck fiel Tina kopfüber auf die Erde. Unkontrolliert versuchte sie wieder auf die Füße zu kommen. Doch ein brennender Schmerz jagte durch ihren Kopf. Sie versuchte sich aufzurichten. Verschwommen sah sie Lissys orange Regenjacke. Ihr Instinkt trieb sie dort hin. Knöchelhohe geschnürte Lederschuhe ihres Verfolgers, die vor ihrem Gesicht standen, gaben ihr einen Adrenalinstoß. Weiter, nur fort, Haarspray roch sie und sah das Geschäft. Hier müssen Menschen sein, dachte sie und erreichte mit letzter Kraft den

Eingang. Eine junge weibliche Stimme und eine Stimmbruchstimme halfen ihr auf. Tina schwankte noch ein wenig. Sie hielt beide ab, den Krankenwagen zu rufen. Nachdem sie sich auf die Schnelle vergewisserte, dass nirgendwo ihr Verfolger lauerte, schöpfte sie Mut. Sie musste weiter fahren, diesen Wahnsinnigen ablenken von Lissy. Die Jacke ließ sie zurück. Sie spürte nicht den Schmerz an ihren Knien und ignorierte den sägenden Kopfschmerz. Sie schwang sich auf ihr Rad. Fort in Richtung Siegaue, Richtung Niederkasseler Straße. Tina zitterte. Sie stand als einzige Radfahrerin vor der roten Ampel. Endlich, bei Grün über die Kreuzung und schnell auf den Radweg der Siegbrücke, oder sollte sie den Pfad direkt zur Sieg nehmen und mit der Gierponte übersetzen? Dort könnte sie sich im Biergarten der Siegfähre zu den Leuten setzen und mit der Polizei telefonieren. Nichts ging mehr, die Erschöpfung brach wie ein Blitz über sie. Vor der Brücke setzte sie sich und lehnte ihren schmerzenden Rücken an den abgestellten Werbeanhänger. Schwindlig war ihr.
„Was ist das für ein Monster?" Sie tastete nach ihrem Handy. Scheiße, das Handy war weg, dass wird jetzt in Beuel beim Friseur liegen, oder sonst wo. Sie stützte ihren Kopf in die Hände. Etwas Glitschiges fühlte sie im Gesicht. Blut. Sie roch es. Allein der Geruch ihres Blutes hielt sie wach. Sie musste auf die andere Seite der Sieg, das war ihre Rettung. Ein Gewitter tobte in ihrem Kopf und wollte ihn sprengen. Bilder tanzten vor ihrem inneren Auge. Sie sah ihre Mutter vor sich stehen, nur nicht in Hilfestellung, sondern abweisend. „Du machst mich schmutzig." Tinas Leben spielte sich sekundenschnell vor ihren Augen ab. Ihre Augen öffneten sich langsam, ein Blick wie durch einen Tunnel. Sie sah ein geheimnisvolles Licht. Endlich Hilfe. Eine Lichtgestalt kam auf sie zu. „Hilf mir!", schrien ihre Gedanken. Ihr Mund öffnete sich. Schrecksekunden in ihren Augen. Es war der Tyrann. Sein Messer erstickte ihren Schrei!

28: *Mittwoch, 16 Uhr*

Nach Absprache mit den Bonner Kollegen und Frau Dr. Blum behielt Kaspar den Fall auch im Bonner Bereich in seinen Händen. Er ließ seinen Blick über die verwirrende Menge an Gesichtern schweifen und prüfte sich sekundenschnell, ob Lissys Entscheidung richtig war, sofort zur Siegaue zu fahren. Sein Handy klingelte und gab die Antwort.

„Weibliche Leiche in Richtung Siegaue, Richtung Niederkasseler Straße, vor dem Weg zur Siegfähre, unter einem abgestellten Autoanhänger mit Werbeaufschrift." Kaspar sprang in sein Auto. Knallende Autotüren und Sirenen in der Ferne ließen Lissy innehalten. Der Polizeiwagen neben ihr hielt mit geöffneter Tür. Sie stieg zaudernd ein. Der Blickkontakt mit Kaspar genügte. In seinen Augen las sie, sie kamen zu spät. Tina wurde von Hunden gefunden. Eine Hundetrainingsgruppe war unterwegs, um unter der Siegbrücke auf die weitläufige Aue der Halbinsel Kemper Werth zuzugehen. Golden Retriever in der Suchausbildung schnupperten an der Toten. Otto stellte eine Markierung der Spusi vor die Taschenlampe, die unter dem Anhänger lag.

„Verdamp, verdamp!" Kaspar überlegte laut und mit rauer Stimme sprach er zu Otto: „Hat der Täter die Lampe verloren? Was wollte er damit? Tina beim Sterben beobachten?"

„Ja", gab Otto beklemmt von sich, „er wollte kontrollieren, dass sie tot ist."

Mit scharfem Blick für Details bemerkte Kaspar: „Es ist eine Lampe aus vergangenen Zeiten, da wird man keine Verkaufsstelle mehr finden."

In der Hülle der Distanz, ohne die die Beiden diesen Beruf nicht ausüben könnten, erwiderte Otto. „Er ging allerdings das Risiko ein, gesehen zu werden. Tina war ihm vermutlich in Beuel entwischt. Wollte er sie in Beuel schon töten oder war der Termin unter der Siegbrücke sein Ort für

Tinas Tod?“ Tina lag auf dem Bauch, Blut war überall. Die Spurensicherung übernahm den Tatort. Alles spielte sich ab, ohne dass ein Wort gesprochen wurde. Der untersuchende Pathologe spürte Kaspars qualvolle Unruhe in seinem Rücken. „Wilfried, kannst Du schon was sagen?“, drängte ihn Kaspar mit bleichen Lippen. Der Arzt drehte Tina auf den Rücken und schloss ihre wunderschönen kornblumenblauen Augen. Ein Brief fiel aus ihrer Brusttasche. Wilfried tütete ihn gleich ein, und jeder wusste, was drin stand.

„Ein Messerstich im Nacken, ca. 15 cm Klinge, im Nacken führte zum Tode. Sie hat mehrere Wunden im Gesicht und an Armen und Beinen, die nicht tödlich waren. Ich tippe auf ein langes schmales Jagdmesser, einseitig geschärft.“

„Das könnte ein Nicker mit Hirschhorn-Griffschalen sein, welches ein sehr erfahrener Jäger auch dazu benutzt, z.B. ein Rehwild durch einen Stich im Nacken über dem obersten Halswirbel zu töten. Weil der oberste Halswirbel das Nicken mit dem Kopf ermöglicht, daher nannte man das Messer „Nicker“. Diese Art der Tötung des Wildes erfordert Geschick und Erfahrung“, recherchierte Lissy mit heiserer Stimme. Ihre großen, braunen Augen schauten dabei starr auf Tinas Leiche. Lissys Lippen schienen bläulich, wie wenn sie von eisig klirrender Kälte umgeben wäre. Ihre schmale Gestalt war leicht vornübergebeugt, aber sie stand fest auf den Füßen. Sie war in diesem grauenvollen Moment Jägerin. Ihr ganzes theoretisches Wissen setzte sie wie selbstverständlich ein.

„Der Tod tritt sofort ein.“

Kaspar und seine Kollegen standen unbeweglich hinter Lissy. Ihre Worte hatten ihnen die Sprache verschlagen. Kaspar brauchte einen Moment, sich wieder zu fangen. Justus stellte sich neben sie und gab Kaspar mit einem Kopfnicken ein Zeichen. Kaspar begann mit seiner Analyse. Frau Dr. Blum, die inzwischen eingetroffen war, hörte konzentriert zu.

„Herr Kommissar Heimberg, bringen Sie mir sehr bald den Mörder; wenn Sie Hilfe brauchen, bitte ich die Bonner Kollegen dazu."

„Wir sind bei der Arbeit, Frau Dr. Blum, und werden den Mörder bringen", reagierte er sauer und drehte sich zu den Kollegen um.

„Also bitte Frank und Guido, stellt mir zusammen, was wir wissen!"

Kaspar beugte sich über Tina.

„Wilfried, sind diese Verletzungen alle von dem Kampf am Konrad-Adenauer-Platz? Oder hat hier noch ein Kampf stattgefunden?"

„Nein, hier fand kein Kampf statt, die Wunden stammen alle von dem Kampf am ersten Tatort." Kaspar rieb sich übers Kinn.

„Kannst Du mir sagen, ob sie vergewaltigt wurde?"

„Genaueres kann ich natürlich erst nach der genauen Obduktion sagen, aber im Moment habe ich keine Hinweise, dass ein Sexualtäter am Werk war", antwortete Wilfried.

„Bitte Kollegen, teilt euch auf: Der Weg von der Siegaue zurück über die Niederkasseler Straße bis zum Konrad-Adenauer-Platz muss zu Fuß und zu Fahrrad abgegangen bzw. abgefahren werden. Wir suchen noch Tinas Handy. Der Täter hatte mit Sicherheit am ersten Tatort einen Kampf mit ihr, daraufhin hat er sie verfolgt und bestimmt Spuren hinterlassen. Bitte, jede Auffälligkeit kennzeichnen und mich sofort informieren. Die Ergebnisse der Spurensicherung sofort auf mein Handy. Otto wachse über dich hinaus."

„Und die Presse?", erkundigte sich Justus, der die regionale Presse am Straßenrand sah. Kaspar zögerte.

„Wir warten noch, der Täter soll sich entweder in Sicherheit wiegen oder keine Bühne bekommen." In der kleinen Runde stellte er gedankenversunken die Fragen: „Wo ist das Messer? Nach wem fahnden wir? Ein Jäger als Mörder?"

„Nein", antwortete Lissy mit gekniffenen Augen, „ein erfahrener Jäger würde normalerweise keinen Menschen abstechen."
Kaspar nickte und sah Justus in die Augen: „Wer sticht einen Mensch ab wie ein Tier?"
„Ich fürchte, es bleibt der Wahnsinn. Es muss jemand in Heinrichs Umfeld sein."
Kaspar musste ihm zustimmen.
„Fragen am Tatort", sprach Kaspar in sein Aufnahmegerät. „a) Verdachtslage: Historie der Siegbrücke? b) Hatte die Fährgesellschaft Ertragseinbußen nach Fertigstellung der Brücke?" c) Was bedeutet der Tatort?"
Justus wusste gleich, worauf es ankam: „50 Jahre Kampf um die Brücke. Dutzende Gewerbetreibende aus Beuel und Bonn, die sich 1925 als Interessengemeinschaft eintrugen für den Bau der Brücke. Welch langer Kampf. Endlich, am 23. Februar 1976 wurde die Siegbrücke Mondorf/Bergheim eingeweiht. Wie viele waren dafür und wer war dagegen? Unter diesen Menschen konnte auch ein Jäger sein, der von Hass und Wahnsinn getrieben wurde. Das wäre ein Motiv. Es gibt keinen Zweifel für mich. Hier geht es um einen Täter, der diese Tat nicht spontan ausgeführt, sondern akribisch geplant hat."
Er schluckte. „Nein, feige Morde waren es!", behauptete Justus, „oder etwa nicht?"
Enttäuscht und wütend zugleich war er auf Kaspar, der nicht direkt an der Siegfähre gesucht hatte.

29: Spurensuche in Marlenes Kiosk

Marlene konnte er noch nicht genau in diesem Mordfall einordnen. War sie auch eine Gefährdete? Wenn der Mörder Heinrich gut kannte, dann wusste er auch von Marlene. Wäre sie auch ein Lockmittel für den Wahnsinnigen?, stellte er sich die Frage. Ein ungutes Gefühl überkam Kaspar bei diesen Gedanken. Er teilte zwei Kollegen ein, eine Spurensuche in Marlenes Kiosk durchzuführen, denn der Mörder könnte auch bei ihr gewesen sein. Fingerabdrücke hinterlassen haben. Kaspar zögerte einen kurzen Moment, dann rief er Sven und bat ihn, für Marlenes Kiosk ein Plakat mit der Zeugensuche mitzunehmen. Während Marlene über ihrer Abrechnung brütete und die Ladentür aufging, fiel ihr Blick auf den zivil gekleideten Beamten und die beiden Männer im durchgehenden weißen Overall. Ungehalten rief sie ihnen entgegen: „Och nä Jungens, kommt ihr vom Kommissar un baut mir dat janze Zeitschriftenregal auseinander?"
Sven meinte mit gutmütigem Blick: „Das muss leider sein. Wenn Sie dieses Plakat noch aufhängen und danach die beiden jungen Zeuginnen holen, dann sind wir vielleicht schon fertig." Marlene seufzte, klebte das Plakat ins Fenster und verlies den Kiosk, um die beiden Mädels in ihr Büro zu bitten.
Ihr Büro befand sich in einer Ecke ihrer großen Küche. Auf dem kleinen, schmucken Holzschreibtisch stand ein rotes Notebook und drum herum Regale mit Bücher. Ihre Lebenserinnerungen, festgehalten in kleinen Fotos und alten Schriftstücken, machten die Wand neben den Regalen zu einer Ahnengalerie.
Katrin wohnte mit ihren Eltern über ihr im 1. Obergeschoss und war schnell zur Stelle. Marlene wählte die Handy-

Nummer, die ihr Kaspar gegeben hatte. Sie hielt Katrin das Handy hin.
„Sag dem Kommissar, was Dir im Kiosk aufgefallen ist.“
Katrin nickte.
„Der Mann mit den Hosenklammern am Zeitschriftenstand ist mir aufgefallen“, berichtete sie. „Schätze ihn so alt wie Justus“, meinte sie, „ohne die langen Haare. Er trug eine Schirmmütze, die chic aussah. So eine, wie die Jungens tragen, die in der Band singen. Die stand dem Mann überhaupt nicht, denn sie sah wie geliehen aus.“
„Das war eine sehr gute Beobachtung von Dir“, lobte Kaspar sie.
„Jetzt hätte ich noch eine große Bitte an Dich und an Winnie, dass Ihr beide und Marlene, Euch von dem Polizeibeamten, der Sven heißt, zum Kommissariat fahren lasst, um Bilder auf dem PC anzusehen.“
„Liebschen, hol mir Winnie von gegenüber her, ich telefoniere sofort mit den Eltern und sage was Sache ist“, ergänzte Marlene. Kaspar unterrichtete Frank und Guido sowie Justus und Lissy, was Katrin beobachtet hatte.

30: Recherche

Hinter dem rot-weißen Absperrband war fast die gesamte Mordkommission versammelt.
„*Lügen strafen*“, wer hatte die Nachricht im Kiosk abgelegt? Das ist hier unsere zentrale Frage!“, sprach er in die Runde.
Justus hatte bei der Taxizentrale den Namen des Fahrers ausfindig gemacht, der Lissy und ihn gefahren und dieses fundierte Wissen über die Brücke hatte. Jan Grommes war sein Name und wohnte in Niederkassel-Mondorf. Seine Frau führte ein Antiquitäten-Geschäft.
Tim aus Ottos Abteilung, der auf seinem Schoß im geöffneten Polizeiauto sein Notebook placiert hatte, öffnete die Home-

page des Taxiunternehmens. Seine schmalen Finger, wie geschaffen fürs Klavierspielen, glitten graziös über die Tasten des PCs. Man sah Fotos der Chefin und ihren Fahrern. Ein Foto von Jan Grommes war ebenfalls vorhanden.
„Er stamme weitläufig aus der Familie des Fährbetriebes", gab Justus die Info der Taxi-Chefin weiter.
„Aber mit der Beschreibung von Katrin", die Tim im Notebook mitgeschrieben hatte, „und der Beschreibung von Justus ist keine Ähnlichkeit erkennbar."
„Trotzdem, bringt ihn in einer Stunde ins Kommissariat. Die Mädels sollen ihn sich ansehen. Er passt ins Täterprofil, wenn wir von dem Motiv Siegbrücke ausgehen", bestimmte Kaspar.
Er führte fort: „Jetzt zum Täterprofil: Wahnsinniger! Justus, wie weit bist Du mit dem Wahnsystem?"
Das war Justus Stichwort. Immer wenn er in ein Thema abtauchte, war seine Körperhaltung betont lässig. Eine Hand in der Hosentasche, mit der anderen Hand unterstrich er wichtige Gedankengänge. So knapp wie nötig referierte er: *„‚Lügen strafen'* könnte heißen, dass es quälender für ihn wird", sondierte Justus neben ihm. „Entweder hat er gemerkt, dass nicht Lissy ermordet hat, oder er hatte niemals vor, Lissy zu treffen, sondern in seinen Wahnvorstellungen geht es ihm nur ums Strafen. Er musste sich bereits nach dem Mord an Heinrich quälen und um die normale Realität ringen. Seine Wahnwelt wird ihn aber bald komplett dominieren und dann finden wir ihn oder er gibt sich zu erkennen. Bis dahin wird er verwirrt sein, von Angst und Panik heimgesucht werden. Er wird am Schluss mit dem Kopf durch die Wand gehen wollen."
Lissy stand hinter Justus und hörte zu. Sie würde den Täter finden. Für Tina! *„‚Lügen strafen!'* könnte auch heißen, dass er mit dem Briefumschlag des Museums und der Ansichtskarte der Siegfähre sicher sein wollte, dass er jemanden herauslocken konnte."

Frank schrieb das auf seinen Notizblock. Guido stand in bequemer Haltung und schaute konzentriert auf Lissys Mund. Kaspar nickte ihr mutig zu.
Lissy fuhr fort: „Es war ihm erstmal egal, ob ich es war oder Tina oder Shukran, er würde mir auf jeden Fall weh tun. Und ich bin mir jetzt ganz sicher, dass der Mord auf jeden Fall in der Siegaue oder an der Siegfähre geschehen sollte. Die Sieg ist der Beziehungspunkt." Lissy atmete tief ein und aus.
„Und wahrscheinlich ist es seine Wahrheit." Sie nickte.
„Wie er sie sieht." Die Umstehenden waren beeindruckt von Lissys Analyse.
„Sehr gut, Lissy."
Kaspar reagierte sofort darauf und besprach mit Kollegen den weiteren Ablauf. Sie sollten im Restaurant „Zur Siegfähre" und im Biergarten alle Personen befragen.
„Bitte sagt dem Wirt, dass er sich bei Tim die Fotos im PC anschauen müsse."
Jeder wusste, was zu tun war. Die bereitstehenden Polizeibeamten waren auf der Fährte nach Tinas Mörder. Otto erhielt die Nachricht, dass Tinas Fahrrad im dichten Ufergebüsch gefunden wurde. Er schätzte, dass der Täter es nach der Tötung dort versteckt hatte. Kaspar, Justus und Lissy standen sich gegenüber. Betretene Stille machte sich breit. Lissy ging zu Tinas Leiche, sie wollte bei ihr bleiben, bis sie vom Bestattungsinstitut in die Pathologie abtransportiert wurde. Wenigstens jetzt sollte sie nicht alleine sein. Kaspar legte seine Hand auf Justus Schulter.
„Ich musste in Beuel mit der Suche beginnen, auch dort hätte Tina sein können. Es ist mir sehr wichtig, wenn Du versuchst mein Handeln zu verstehen."
„Wir wären auch an der Siegfähre zu spät gekommen", gab er zur Antwort und ihre Augen begegneten sich mit ernstem Blick.

31: *Mittwoch, 18 Uhr*

Lissys Handy läutete. Shukran gab einen Auftrag des Museums an sie weiter.
„Koordination und Begleitung eines wertvollen Kulturgutes". Die Fahrt sollte mit verdecktem Polizeischutz vonstatten gehen. Den Transport der wertvollen Grafiken und Landkarten aus dem 17. Jahrhundert vom LVR-Museum Bonn bis zur Burg Wissem wollte er mit Lissy durchführen.
„Okay, wir können morgen losfahren", antwortete Lissy, „ich frage Kaspar, ob er einen Kollegen von den Zivilen für eine Stunde einteilen kann. Ich begleite euch ab Bergheim. Du kannst mich auf dem Weg von Bonn an Michels Elternhaus abholen; ich habe heute Abend noch Dringendes zu erledigen." Shukran wunderte sich.
„Was hast Du Wichtiges in Bergheim zu tun?"
„Ich will den Mörder anlocken und werde den Weg ab der Siegaue bis Bergheim gehen und in Michels Haus schlafen."
Shukran wusste, das Lissy dies tun musste. Justus wurde hellhörig.
„Was soll das, den Mörder anlocken? Lissy, nein! Du lässt Kaspar und seine Kollegen ihre Arbeit machen, wir unterstützen Kaspar nur dabei." „Ach, Justus, Du müsstest mich gut genug kennen, dass ich nicht herumsitzen und warten kann."
„Weiß Kaspar von Deiner Idee, als Lockvogel zu gehen?"
„Nein, aber Du wirst es ihm gleich sagen." „Außerdem", Lissy schaute zum Himmel hoch, „ich habe doch gute Engel, die mich beschützen."
Justus telefonierte sofort mit Kaspar. Das dauerte Lissy alles zu lange.

„Ich fahre nicht nach Troisdorf, jetzt mache ich mich auf den Weg zu Michels Haus am Nachtigallenweg“, bemerkte sie unvermittelt. Sie wollte endlich alleine sein und ihn anrufen. Jede Faser ihres Herzens sehnte sich nach ihm.
„Daraus wird erst was, wenn ein oder zwei Polizeibeamte hier sind“, befahl Justus scharf, während seine Gesichtsmuskeln sich anspannten und er spürte, wie sich sein Magen verkrampfte.
„Ich werde mit den Beamten in Deiner Nähe sein.“
„Na, ein toller Lockvogel bin ich dann.“
„Ein Polizeibeamter in Zivil reicht mir.“
Lissy ging auf dem Fußweg der Brücke. Das Siegufer auf der Schwarz-Rheindorfer und Beueler Seite war komplett gesperrt. Sie bog ab, verließ den Radweg und machte sich auf den Weg, die Siegbrücke zu unterqueren. Überall waren Polizeibeamte. Selbst die Gierponte durfte nicht mehr fahren. Sie hatte die Worte ihres Vaters im Ohr, als er ihr die Technik der Gierponte beschrieb: Die Kahnverbindung zwischen Bergheim und Beuel ist die letzte Treidelfähre im Rheinland. Der Nachen pendelt am sogenannten Scharseil hängend von einem Ufer zum anderen. Der Fährmann muss mit viel Kraft und Geschick sein Steuerruder so gegen die Strömung stemmen, dass der Kahn seitwärts gedrückt und über Schar und Giertau ans andere Ufer geführt wird. „Fährmann hol über!“
Das Ausflugsziel „Zur Siegfähre“, oder damals für die Kinder und auch für Lissy „Bercheme Fahr“, war seit je beliebt für das leibliche Wohl und die romantische Flussau für das seelische Wohlbefinden. Das Wasser der Sieg floss zwischen dichtem Weidengestrüpp und Springkraut dem Rhein zu und an dem Ufer lag die Siegfähre. Der Schäfer stand unter der Brücke bei zwei Polizisten. Sie hörte, wie er von den Jägern sprach, die früh morgens von einem silberfarbenen Jeep abgeholt wurden. Einer der Polizisten informiert aufgeregt Kaspar.

Alle Besucher des Biergartens wurden befragt. Ein halbes Dutzend Polizeibeamte waren im Einsatz. Lissy verschnaufte kurz an einem Pfeiler und schaute auf dieses scheinbare Chaos.

32: *Mittwoch, 19 Uhr*

Sie ging in Richtung Bergheim-Dorf und band sich den Pferdeschwanz neu. Gerd, der Polizeibeamte, kam lässig auf sie zu. Sie hatte ihn kaum erkannt ohne Uniform. „Dann tun wir mal so, als ob wir uns zufällig begegnen", meinte er lächelnd. Der freie Blick über den Fahrweg bis zum Dorf hoch ließ sie den Garten ihres Vaterhauses erkennen. Lissy zeigte wie eine Reiseführerin auf die Häuser im Hang des Siegblicks.

„Das Haus selber ist verdeckt durch Kastanienbäume. Und dort, ca. hundert Meter zum Siegdamm, steht die Bundsche Jagdhütte." Das Holzhaus war, so lange sie denken konnte, das Herzstück Michels' Familie. Das Wesentliche dieser Hütte war das Büro des Jagdaufsehers. Lissys und Michels Eltern waren Freunde.

Gerd schaute interessiert in die Richtung, die sie beschrieb.

„Ich erinnere mich an manche Stunde meiner Kinder- und Jugendzeit, die ich mit meiner besten Freundin Marie und mit Michel in der Hütte verbrachte. Die Holzplanken des Fußbodens knarrten bei jedem Schritt. Und Geschichten erzählen konnte uns das verblichene blaue Sitzkissen auf dem einfachen Holzstuhl hinter dem Schreibtisch."

„Diese Erinnerung ist Ihnen wohl sehr wichtig?", erkundigte sich Gerd.

„Ja", bestätigte Lissy. „Auf dem Boden lag ein weicher Teppich, um den Hunden ein schönes Plätzchen zu bieten. Der freie Blick über den Fahrweg und die Felder bis zum

Damm nach Müllekoven hatten bei Dunkelheit was Gespenstisches mit den hohen Bäumen als Schattenriesen."
„Ich möchte jetzt zum Nachtigallenweg, es wäre besser, wenn Sie sich im Hintergrund halten", bat Lissy Gerd.
„In Ordnung, aber halten Sie Ihr Handy rufbereit", ließ er wissen. Alle ihre Nervenstränge trieben sie zu Michels Elternhaus am Nachtigallenweg. Diese Geborgenheit des Hauses hatte sie nirgendwo so intensiv erlebt. Die uralten Bäume, deren Zweige und Äste über das Dach des Hauses ragten, als wollten sie es beschützen. Von dort aus wollte sie Michel in Ruhe anrufen. Und als würde die Last in ihrem Herzen über die beiden Toten nicht schwer genug sein, wollte sie sich dem Mörder zeigen, falls Tinas Mörder noch in der Nähe sei. Es war so, ihre Heimat ist ein Vogel- und Naturparadies, das von Ökologen und Naturschützern geschätzt wurde. Lissy lief mehr als sie ging den Fahrweg hoch zum Dorf. Ihr Handy klingelte, als sie den Weg einschlagen wollte, um am Siegufer vorbeizugehen. „Würde es Dir was ausmachen, Dich an unsere Abmachung zu halten? Kein extra Risiko, sonst ist Gerd wieder neben Dir", vernahm sie Justus im Flüsterton.
„Ist ja gut", stöhnte Lissy. So verließ sie den Deich. Auch der kleine Umweg um den Altarm der Sieg, das träumende Discholls, war ihr verboten. Hier schlugen ihres und Michels Herz jedes Mal schneller, wenn sie am mystischen Ufer dieses stillen Gewässers standen. In diesem Augenblick waren sie wie früher Kinder der Siegaue. Geborgen unter den alten Bäumen der Väter und Großväter. Dieses seltsame Ritual, wer umarmt die dicksten Bäume, wiederholten sie bei ihrem Wiedersehen im letzten Jahr. Während dieser Gedanken erinnerte sie sich, dass Michel die Korbweidenbäume begutachtete und vom „Allerheiligsten" seines Großvaters erzählte hatte, der Korbmacher-Werkstatt. Als Michel nach seiner Ankunft das erste Mal wieder diesen Raum betreten hatte, kam es ihm vor, als wäre die Zeit stehen geblieben.

Wie damals, lag auf zwei dicken Kissen das rote Sitzkissen auf der Erde und im Rücken war das breite Brett zum Anlehnen. Das Werkbrett, worauf die Körbe geflochten wurden, blitzeblank und der uralte Ofen, der bisweilen die Wärme zum Siedepunkt brachte und oft genug die Werkstatt unter Qualm setzte. Der ausrangierte Küchenschrank, worin das Werkzeug in den Schubladen verstaut wurde. Die schmale, viel zu steile ururalte Holztreppe, die direkt auf den Dachboden der Werkstatt führte. Dort waren die gekauften Weiden, die für die Zierkörbe aufbewahrt wurden. Man konnte in gebückter Haltung stehen. Und durch die alten Dachziegel hatte er als Kind in den Sternenhimmel geschaut. Sie freute sich auf Michels Elternhaus.

33: *Mittwoch, 19:30 Uhr*

An dem Eisengitter am Hang des Nachtigallenweges, das für Sicherheit entlang des Weges sorgen sollte, lehnte ein altes Fahrrad. Lissy überlegte, ob sie näher ran gehen sollte.

Habe ich Tinas Mörder tatsächlich angelockt?, fragte sie sich.

Sie hielt ihr Handy bereit und atmete tief durch. Der Nachtigallenweg führte an der Rückseite des Hauses vorbei. Unterhalb des Hanges lag das träumende Discholls, ein Altarm der Sieg. Besorgt wurde ihr klar, dass der schnelle Fluchtweg um das Haus zu lang wäre, wenn er ihr im Hinterhalt auflauerte. Ihr war bewusst, dass sie in großer Gefahr war. Früher hätte sie sich gewiss keine Gedanken über ein abgestelltes Fahrrad gemacht, jetzt wüsste sie gerne, wem es gehörte. Das leise Klingeln ihres Handys war wie eine rettende Hand.

„Ist alles klar?“, fragte Justus besorgt.

Die Dämmerung dieses Regentages setzte früher ein, aber es war noch hell genug, dass sie gesehen wurde. Sie ging an dem Fahrrad vorbei und riskierte aus dem Augenwinkel einen Blick. Viel Rost um die Pedale, dachte sie sich. Augenblicklich witterte sie die Gefahr und doch vergaß Lissy jegliche Furcht. Ganz tief in ihrer Seele wusste sie, dass ihr nichts passieren würde. „Ja, es ist alles klar, Justus", antwortete sie selbstsicher. Sie blieb stehen und sah auf die beiden kleinen Inseln, ein Anziehungspunkt wundervoller Naturschönheit. Kormorane hatten hier ihre Heimat gefunden. Unterhalb des neuen Fischereimuseums, das wie ein roter Leuchtturm auftauchte, stand das größte Exponat, der Aalschokker „Maria Theresia" aus dem 19. Jahrhundert. Geheimnisvolle Geschichten erzählten vom Alltag der Binnenschiffer. Ein kleines Boot war eigens dafür gebaut worden, um Interessierte auf diesen alten Schokker zu bringen. Das ringsum wild gewachsene Ufergebüsch und Totholz mit Flechten und Moos bewachsen, zum Teil im Wasser liegend, bot zahlreichen Kleintieren Heimat und Unterschlupf. Die Dämmerung stieg zusehends hinab auf das Gewässer. Der Nachtigallenhang mit seinem Ufergebüsch bot jedem, der es wollte, ein gutes Versteck. Unheimlich wurde es ihr wieder unter den hohen Ästen, die über dem Weg hingen. Ein Raunen zog durch die Blätter. Sie ging rasch zurück zum Haus.
Als sie bei Michels Haus ankam, konnte sie den Umriss eines Mannes erkennen. Ob ihm das Fahrrad gehörte? Es war verschwunden. Sie bekam nun bei dem Gedanken, dass er ihr bereits ganz nah war, weiche Knie. Einen Moment hatte sie das Gefühl, keinen Schritt vorwärts mehr machen zu können. Er war ihr aber nicht gefolgt, Gerd oder Justus hätten sonst Alarm geschlagen. Sie waren doch noch in der Nähe?
Er will mir Angst einjagen, wusste Lissy und sah um das Haus herum Spuren, von nassen Schuhen, die im Halb-

kreis umgekehrt waren. Wer war es? Oder anders herum gefragt, wen konnte sie ausschließen? Wieso hatte sich Justus nicht mehr gemeldet? Sie schüttelte die Fragen wie lästige Fliegen ab. Schnell hatte sie den Haustürschlüssel in der Hand, drehte ihn lautlos im Schloss und betrat angespannt das Haus. An dem uralten rechteckigen Eichentisch ließ sie sich erschöpft in den alten Korbsessel fallen. Ein großer Ast hing vor dem Küchenfenster und der ureigene Geruch des stehenden Gewässers, des Discholls, zog durch das gekippte Fenster. Es schien, als ob sie einen Steinwurf weit von der Siegaue sei.

Es war schon später Abend geworden und immer noch saß sie am Tisch. Hier in der Geborgenheit dieses alten Hauses traf sie die ganze Wucht der Wahnsinnstat an Tina. Sie legte den Kopf auf ihren Arm und ließ ihren Tränen freien Lauf. Ihr Handy klingelte, Michels Nummer leuchtete. Sie stand zuerst auf und knipste die neue, moderne Stehleuchte an, die sie mit Michel ausgesucht hatte.

„Hallo Michel", meldete sie sich. Justus hatte ihn informiert. Sie öffnete mit einer Hand den Pferdeschwanz und ihre Haare fielen auf die Schulter. Michel redete ruhig auf sie ein. Lissy fand im Moment keine Worte, so gerührt war sie, seine Stimme zu hören. Michel fand den richtigen Ton, weil er spürte wie elend sie sich fühlte.

„Es war allerhöchste Zeit, Deine Stimme zu hören", vertraute sie sich ihm an und ihre Stimme zitterte leicht. Michel räusperte sich. „Ja, es war wie eine kleine Ewigkeit, ohne dich. Wir sollten unter einem Dach wohnen."

Lissy nickte. „Darüber reden wir morgen."

Und gleich darauf teilte sie ihm mit fester Stimme mit: „Michel, zuerst fange ich diesen Menschen und beweise anschließend, dass er der Mörder ist." „Nein, Lissy, jetzt nicht mit dem Kopf durch die Wand, zuerst beweisen und dann fangen lassen", ungehalten kritisierte sie Michel am Telefon.

„Komm, Liebes, sag an wen Du denkst und in welche Richtung Du ermittelst."
Sie berichtete ihm von ihren Gedanken und ihrer Analyse. Dabei schilderte Lissy ihm Einzelheiten, was bis jetzt passiert war bis zum Eintreten in Michels Haus, erwähnte allerdings nicht das Fahrrad und die Schuhabdrücke.
„Er muss im Alter meines Vaters sein und sie sind sich wahrscheinlich begegnet. Was war zu jener Zeit passiert? Wer kann das sein? Michel, an wen erinnerst Du dich aus der Zeit mit den Eltern? Hat Vater jemanden zu solch einer schlimmen Tat getrieben?"
„Ich versuche auch Antworten zu finden auf diese Fragen", sprach er beruhigend auf Lissy ein. Während des Telefongesprächs wurde ihr klar, sie würde dem Ruf der Vergangenheit folgen! Sie besprachen ihren Treffpunkt morgen an der Burg Wissem. Michel wollte einen alten Jagdfreund zur wahrscheinlichen Mordwaffe, dem Jagdmesser, befragen. Er war ein Experte auf diesem Gebiet.
„So, jetzt tu Dir etwas Gutes! Schau in den kleinen Spind, dort steht die große Dose Kakao und im Kühlschrank müssten noch Milch und im Gefrierfach Milchbrötchen sein. Mache Dir eine große Tasse Kakao, genieße Deine geliebten Milchbrötchen, ich melde mich später wieder", meinte er fürsorglich.
Lissy fühlte sich gut aufgehoben in diesem alten Haus. Sie ging in Michels Wohnzimmer mit Büro, dort hing eingerahmt ihr Brief, den sie Michel im letzten Jahr schrieb.
„Lieber Michel, ich gratuliere Dir zu Deinem Schritt, in die Heimat zurückzukehren. Auch ich möchte zurück in die Heimat. Was hat das Leben mit uns bisher angestellt? Ich für meinen Teil kann sagen, ich habe aus allem gelernt, aus dem Guten wie aus dem Schlechten. Aus den Nachrichten hatte ich von Justus gehört, dass Du zurück in der Heimat bist. Wunderbar. Wir Kinder der Siegaue kommen wieder nach Hause. Ich würde mich freuen, wenn Du mich anrufst. Deine Lissy"

Sie begriffen, dass sie sich wie zwei verlorene große Kinder in der Geborgenheit der Heimat gefunden hatten. Über dem gemütlichen schwarzen Ledersofa hing im zweiten Rahmen Justus Glückwunsch an Michel.

„Wenn dir irgendein Ding der Außenwelt Kummer bereitet, so ist es nicht das Ding, sondern Dein Urteil darüber."

Kluge Worte, die Justus weitergegeben hatte. Heißhungrig biss sie in das aufgebackene Milchbrötchen und schlürfte den noch heißen Kakao. Sie schaute dabei auf das Hawle-Bild mit dem alten Aalschokker. Die gemalten Bäume spiegelten sich im Discholls. Zwei Schwäne begannen einen Liebestanz. Dieser Blick auf das Bild beruhigte sie bis in ihre Seele. Lissy spürte eine Schläfrigkeit, der sie kaum mehr widerstehen konnte, und kuschelte sich auf das Sofa. Sie stellte noch den Wecker in ihrem Handy, um rechtzeitig bereit zu sein, wenn Shukran sie abholte.

34: *Kommissariat*

Kaspars aufgeschlagener blauer Ordner hatte einige Notizen von Justus auf dem obersten Blatt. Er las diese laut vor: „Wahnsinn: Wenn es quälender für ihn wird. Entweder hat er gemerkt, dass er nicht Lissy ermordet hat. Es ist nicht Lissy. oder er hatte niemals vor, Lissy zu treffen, sondern in seinen Wahnvorstellungen geht es ihm nur ums Strafen. Er musste sich bereits nach dem Mord an Heinrich quälen und um die normale Realität ringen. Seine Wahnwelt wird ihn aber bald komplett dominieren und dann finden wir ihn oder er gibt sich zu erkennen." Alle schwiegen.

„Frank fasse bitte unsere bisherigen Ergebnisse kurz zusammen." Frank nickte.

„Bisherige Ergebnisse: Unbekannter Radfahrer. Lockbrief: Treff Siegbrücke. „Lügen strafen". Es steht fest, dass Tina

zu dem Treff fuhr. Tatwaffe: Jagdmesser, wurde noch nicht aufgefunden.
Was verbindet die beiden Morde? Nicht die Tatwaffen. Es stellt sich die Frage, warum jetzt zu diesem Zeitpunkt die Morde? Hat das mit Lissys Rückkehr zu tun?", endete Frank.
Die weitere Suche nach Zeugen und Befragungen wurde Gerds Kollegen übergeben. Frank und Guido mussten sich um den Taxifahrer kümmern. Frau Dr. Blum, die ebenfalls anwesend war, schaute Kaspar direkt an.
„Herr Heimberg, reicht Ihnen die psychologische Beratung von Dr. Justus Tanner?"
Kaspar unterstützte seine Antwort mit einem kräftigen Nicken.
„Absolut, er ist der Beste."
„Gut. Wie werden Sie weiter vorgehen, um den Mörder zu finden?"
Eine Haarsträhne hatte sich aus ihrem Dutt gelöst. Das machte sie nervös.
„Wir können im Moment nichts anderes tun, als allen Spuren nachgehen, unsere Recherchen laufen auf Hochtouren", überzeugte Kaspar mit ruhigem Ton.
„Sie haben meinen Rückhalt. Rufen Sie mich jederzeit an."
Frau Dr. Blum sortierte noch während des Aufstehens ihre Duttfrisur.

35: Neuer Verdacht

Mittlerweile hatten die Kollegen den Taxifahrer Jan Grommes aufgespürt, er sei aber unterwegs zum Jägerclub „Michaelsberg" in Siegburg, erzählte seine Frau. Mit viel Liebe und Begeisterung führte sie das Antiquitätengeschäft in Niederkassel-Mondorf am Rhein. Ausgesuchte Stücke fanden einen Ehrenplatz. Im urgemütlichen Gemäuer konnte man dieses Ambiente in herzlicher Atmosphäre mit einem Schoppen Wein genießen. Direkt vom Rheinufer eine Straße hoch war man schon dort. Hier hätte sich Jan Grommes mit einem Fremden treffen können, um ihn für eine Tat zu beauftragen, das wäre niemandem aufgefallen. Doch es hieß, ihn persönlich zu befragen. Also auf zum Jagdclub nach Siegburg, über die A 59, Ausfahrt Sankt Augustin, anschließend auf dem Kaiser-Wilhelm-Platz, im Kreisverkehr zweite Ausfahrt Mühlenstraße, Ziel Stadtpark.

Vor ihnen erhob sich der historische Michaelsberg mit seiner ehemaligen Benediktinerabtei, dem Wahrzeichen Siegburgs. Am Fuße des Bergbereichs, in dieser wunderbaren Naturlandschaft sahen die Beamten die leuchtend grüne Schrift „Jagdclub Michaelsberg" aufleuchten. Ein kleines hoheitliches Schlösschen, das seine besten Jahre hinter sich hatte.

„Nein, Jan Grommes ist noch nicht hier", erklärte der Club-Besitzer. Natürlich wurden ihnen der Schießstand im Keller gezeigt und die ordnungsgemäß abgeschlossenen Waffenschränke, in denen nur Waffen aber keine Jagdmesser aufbewahrt wurden. Jan Grommes Jagdgewehr lag seit zwei Wochen unberührt unter Verschluss. Anhand der Benutzereintragung im Waffenbuch konnten sich die Beamten davon überzeugen. Die Waffe wurde trotzdem konfisziert, um sie an die KTU weiterzugeben. Gespräche im Flur kündigten einen Besucher an. Jan riss die Augen auf, als er die Tür zum Jagdclub öffnete und von zwei Polizeibeamten ohne Umschweife in Empfang genommen wurde.

„Sind Ihnen die Namen Heinrich von Berg und Tina Weber bekannt", befragten sie ihn.

„Ja, die kenne ich, beide leben nicht mehr", stotterte er.

„Eben", war die Antwort der Polizisten. Es gab keinen Zweifel, man verdächtigte ihn, wusste Jan von einer Sekunde auf die andere. Und als er auch noch erfuhr, dass die Polizisten bereits bei seiner Frau waren, war er bis aufs Blut gereizt. Jan Grommes versuchte lauthals klar zu machen, dass er nicht der Mörder war.

„Wie kommt Ihr auf den absurden Gedanken und auch noch dazu, bei meiner Frau für Aufruhr zu sorgen?"
Spucke flog von seinen Lippen. Die beiden Polizisten erklärten ihm, wenn er ein Alibi hat, braucht er sich nicht aufzuregen. Er soll alle Angaben im Kommissariat angeben, gleich nach der Gegenüberstellung, die sein müsste.
„Ich brauche keine Handschellen", schrie er den Beamten an, musste sich aber gefallen lassen, in einem festen Oberarmgriff ins Auto gesetzt zu werden für die Gegenüberstellung im Kommissariat Troisdorf. Katrin, Winnie und Marlene standen hinter einer großen Scheibe und schauten sich sechs Männer an, die nebeneinander standen. Für Katrin und Winnie waren alle fremd, einschließlich Jan Grommes. Marlene verdrehte die Augen, als sie Jan sah.
„Dat is seit Jahren mein Kunde und nicht der Mann am Zeitschriftenregal. Der Jan is ne jroße Fan vom Heinrich, der hat all die Bücher von ihm jekauft", empörte sich Marlene.
„Der Kommissar soll seine Hausaufjaben rischtig machen!"
Kaspar unterwies seine Kollegen.
„Wenn wir als Beweis nichts weiter vorweisen können, soll er noch seine Angaben zur Alibi-Überprüfung machen und kann erst mal als Zeuge nach Hause gehen."
Marlene wartete vor dem Eingang des Kommissariates, als Jan wütend wieder auf freiem Fuß war.
„Ist ja gut", tätschelte Marlene ihn, „die müssen ihre Pflicht tun, dat weißte doch."
Jan fuhr sich mit der Hand durchs Gesicht und atmete tief durch.
„Das ist mir noch nie passiert. Wenn ich damit zur Aufklärung der Morde beitragen kann, dann sollte es so sein. Aber die Kripo soll meiner Frau und meinem Arbeitgeber klar sagen, dass ich nur Zeuge bin", ereiferte er sich wieder.

36: Überprüfung der Jäger

Die beiden Beamten informierten Frank und Guido, die sich noch in der Siegaue aufhielten, über ihren Einsatz im Jagdclub in Siegburg. Sie selber wollten die Überprüfung der Jäger, die von Schäfer Anton beschrieben worden waren und nun in Richtung Wahner Heide und Troisdorfer Wald hinter der Burg Wissem unterwegs waren, übernehmen. Der Schäfer hatte zwar den Förster mit seinem Auto erkannt, aber die anderen Jäger, die in der Siegaue unterwegs waren, kamen ihm unbekannt vor.

„So komisch hat mich ein Jäger ausgefragt", schilderte Anton den beiden vollmundig.

„Die geschossenen Tiere werden alle zum Troisdorfer Jagdhaus geschafft", wusste er. Der Schäfer hatte ihnen eine detaillierte Beschreibung gegeben, wo das Troisdorfer Jagdhaus zu finden war. „In der Nähe ist auch das Winterquartier für meine Schafe", erzählte er weiter. Nervös hörten Frank und Guido ihm zu.

„Im Winter schlafe ich hin und wieder in der Bergstraße in Bergheim im Elternhaus".

„Danke für Ihre aufmerksame Beobachtung", drängte Frank zum Aufbruch. Anton hielt ihn am Ärmel fest: „Haben wir es bei diesem Mörder mit einem besonderen Menschen zu tun?" Guido hatte so gar keine Geduld mehr und mischte sich ein.

„Was ist Besonderes an einem hinterhältigen Mörder?" und fasste sich irritiert an den Kopf.

„Wir müssen", lenkte Frank schnell ab und beide ließen Anton stehen.

Auf der Chaussee in Eschmar standen sie im Stau. Hier war ein Nadelöhr nach Sieglar. Da sie nicht mit Blaulicht fuhren, reihten sie sich ein.

„Ein komischer Kauz, der Schäfer", erinnerten sie sich, als sie in Richtung Troisdorf unterwegs waren.
Guido meinte: „Genervt hat er zum Schluss mit der eigenartigen Bewertung des Mörders. Oder fühlte er sich nur beklommen, wie alle Anwohner, wegen der beiden Morde?"
Frank stellte mit einem anerkennenden Seitenblick auf den Kollegen fest: „Das könnte so sein."
Als sie in Troisdorf Richtung Wald fuhren, blies der Wind die Blätter vor die Autoscheibe. „Herbstwetter im Sommer."
Sie bogen soeben in die Troisdorfer Schlossstraße ein und „Am Prinzenwäldchen" zum Waldpark ab. Dort hörten sie bereits das Hörnerblasen der Jäger. Und es standen zwei silberfarbene Jeeps und ein brauner Golf auf dem Waldparkplatz.
„Ist hier ein Schlachtfeld?", wollte Guido wissen, als sie vor dem Jagdhaus ausstiegen. Die Jäger hatten vor dem Jagdhaus ihre Beute ausgebreitet und staunten nicht schlecht, als mit quietschenden Reifen der Polizeiwagen bremste. Unmut machte sich breit. Frank zählte vier Säue, sechs Hasen und drei Jungfüchse. „Seit wann werden Jungfüchse bei uns gejagt?"
„Es geht um den Schutz seltener Bodenbrüter und wir jagen nach deutschem Jagdrecht. Ich bin der verantwortliche Jäger."
Dieser hochgewachsene Mann um die 60 Jahre machte auf die Polizisten einen honorigen ernsthaften Eindruck und stellte sich als Förster vor.
„Was ist passiert?", bohrte er eindringlich nach. Im Augenwinkel sah Frank eine Person, die einen Schritt zurück ging. Just in diesem Moment brach ein Sturm los, dunkle Wolken hängten sich tief über sie. Für einen Augenblick sah es aus, als gäbe es Regen. Zweige knickten, Bäume zerzausten. Die Jagdhunde spitzten die Ohren.
„Das können wir jetzt nicht gebrauchen", rief der Förster beschwörend den Polizisten zu und zeigte auf die dunklen

Wolken, „wir müssen uns um die geschossenen Tiere kümmern." „Also, worum geht es jetzt hier?"
„Wir benötigen die Personalien aller Jäger."
„Aus welchem Grund, bitte?", fragte der Förster erstaunt.
„Den erklären wir noch", beantwortete Frank kurz die Frage.
„Waren fremde Jäger heute mit Ihnen unterwegs?" Der Förster versicherte ihnen, dass sich kein Fremder eingeschlichen habe. Guido wandte sich mit seinem Smartphone ab und informierte Kaspar über die angetroffene Situation und dass sie die Personalien aufnahmen und die Eindrücke festhielten. Die Namen der Jäger wurden aufgenommen.
„Nicht so eilig", bemerkte Frank zu dem Jäger, der sich zurückziehen wollte.
„Würde es Ihnen was ausmachen, mir den Ausweis oder Führerschein zu zeigen?"
„Natürlich, bitte, aber ich habe es eilig wegen eines Termins im Bilderbuchmuseum."
Er gab ihnen seinen Führerschein und seine Adresskarte.
„Klaus Koning, Jurist mit eigener Kanzlei Koning", las Frank laut vor.
„Ich verbürge mich für jeden hier anwesenden Jäger. Wir sind alle seit Jahren in einer Gemeinschaft. Besonders Herr Koning, als gebürtiger Bergheimer, organisiert hervorragend mit mir die Jagd in der Siegaue", erörterte der Förster.
„Warum stellen Sie uns diese Fragen?", ärgerte er sich.
„Inzwischen geht es um eine Überprüfung. Sie waren heute früh in Bergheim in der Siegaue?"
„Ja, und was werfen Sie uns vor?"
„Es geht uns darum, ob ein fremder Jäger heute mit auf der Jagd war."
„Nein, ich kann wiederholen, wir jagen seit vielen Jahren gemeinsam mit diesen anwesenden Personen."

„Wir werden veranlassen, dass Ihre Jagdmesser abgeholt und überprüft werden. Wir hoffen auf Ihre Mithilfe!", betonte Frank seelenruhig.
„Müssen wir uns das gefallen lassen, Klaus?", ereiferte sich der Förster.
„Nein, müssen wir nicht und ich fahre jetzt zu meinem Termin", antwortete er barsch. Frank reichte ihm seinen Ausweis und teilte freundlich mit: „Bitte fahren Sie zu ihrem Termin, morgen melden Sie sich bei Kommissar Kaspar Heimberg im Troisdorfer Kommissariat. Wenn Sie sich nicht melden, holen wir Sie, davon können sie ausgehen."
„Das war's hier", verabschiedeten sie sich höflich und ließen die Jäger ohne weitere Erklärung stehen. Die beiden Beamten gingen zu ihrem Auto. Unterwegs meinte Frank zu seinem Kollegen: „Sollten wir Burg Wissem mit dem Musit Museum und Bilderbuchmuseum gleich einen Besuch abstatten?"
Lächelnd antwortete er: „Ja, das könnten wir tun."
Im Auto gab Frank die Personalien von Klaus Koning an den Kollegen im Kommissariat durch, mit der Bitte um Prüfung.

37: *Burg Wissem*

„Burg Wissem. Es ist eine märchenhafte, geheimnisvolle Umgebung an der Burg Wissem. Auf der Burg mit Ausstellungen und fachkundig geführten Wanderungen oder nur einen Besuch im anschließenden Tierpark. Die Natur erzählt jedem seine Geschichte. Burg Wissem, auch das Tor zur Wahner Heide genannt. Eine fantastische Einladung der Stadt Troisdorf an ihre Besucher", las Guido in seinem neuen Smartphone. „Und zu den Museen: Das Bilderbuchmuseum ist Europas einzigartiges Spezialmuseum für künstlerische Bilderbuchillustrationen, historische und moderne Bilder-

bücher. Das Museum für Stadt und Industriegeschichte, Musit, verbindet exemplarisch die Geschichte der Industrie."
„Immer online, Ihr jungen Leute", lachte Frank. Der braune Golf von Klaus Koning stand auf dem Parkplatz. Im Flur des Bilderbuchmuseums stand er gebückt und suchte in seiner Aktentasche. Als er gewahr wurde, dass die beiden Beamten ihm gefolgt waren, lief er blutrot an. Er spürte, wie die Wut in seinem Hals aufstieg.
„Das ist eine Unverschämtheit, einen Bürger der Stadt dermaßen zu bedrängen. Man bat mich hier um juristische Beratung", rief Koning ihnen zu.
Er ging mit diesen Worten und bösen Augen auf Frank und Guido zu, um sie aus dem Flur zu drängen. Franks Handy meldete: „Klaus Koning hat eine Akte bei der Verkehrspolizei." Frank schmunzelte und wollte ihm noch ein bisschen auf den Zahn fühlen.
„Warum reagieren Sie so aggressiv, wenn Sie nichts zu verbergen haben?"
Koning verzog gequält das Gesicht.
„Das sage ich ihnen bestimmt nicht hier im Flur, wo Besucher diese unschöne Begegnung sehen können."
„Herr Koning, dann begleiten Sie uns am besten direkt zur Dienststelle."
Laut stöhnend sah er ein, dass es am Besten wäre, direkt mitzugehen.

38: Kommissariat: Verdächtiger

Kaspar schaute aus dem Fenster seines Büros auf die Poststraße. Das neue Parkhaus hinter dem Bahnhof gegenüber den Stadtwerken war eine gute Lösung. Menschen gingen aneinander vorbei. Jeder mit seinen ganz eigenen Problemen und Freuden. Das normale Treiben an diesem Knotenpunkt wie an jedem Tag. Kaspar hängte seine alte Lederjacke über die Stuhllehne und setzte sich hinter seinen Schreibtisch. Die Aktenberge werden immer höher, dachte er sich. Auf den angekündigten Klaus Koning, der sich verdächtig verhalten hatte, wartete er gespannt. Nikki hatte ihm seine Lieblingstafel Schokolade hingelegt. Darauf platzierte sie die kleine Steinfigur mit dem Strohhut, die einen lachenden Maulwurf darstellte. Ein Geschenk zu seinem 50. Geburtstag von den Kollegen. Kaspar schaute gerne auf diese Figur, wenn er sich auf ein Verhör vorbereitete. Es klopfte kurz und Frank und Guido begleiteten Klaus Koning ins Büro. Dieser Herr mit der akkuraten Frisur und dem geraden Scheitel war sichtlich nervös. Frank hatte Kaspar bereits über Konings Verhalten informiert. „Warum leisteten Sie Widerstand gegenüber meinen Kollegen?“, fragte Kaspar ihn unumwunden. Klaus Koning schluckte mehrmals und versicherte, dass er in Panik verfalle, wenn Polizisten sich ihm näherten.

„Der Grund ist“, bekannte er zögerlich, „dass ich vor vier Wochen bei einer jungen Dame zu Besuch war und – na, sie wissen schon. Als überraschend der Ehemann nach Hause kam, musste ich Hals über Kopf die Wohnung verlassen. Ich hatte leider keine Gelegenheit, mich komplett anzuziehen. Bei einer Fahrzeugkontrolle fiel ich den Beamten auf, weil ich angeblich Zickzack fuhr. Während ich versuchte mein Oberhemd zuzuknöpfen, wurde ich herausgewunken. Schließlich musste ich aus meinem Auto steigen, mit geöffneter Hose und schief geknöpftem Hemd. Die Beamten lachten laut schallend. Seitdem reagiere ich allergisch auf Polizisten.“

Kaspar grinste breit. „Das klingt so abenteuerlich, dass es glaubhaft ist“, spottete er.

„Herr Koning, kannten Sie Heinrich von Berg?“

„Ja, er war mein Klassenkamerad. Hatte ab und zu Kontakt mit ihm, als es um Rechtsfragen wegen des Neubaus der

Siegbrücke ging. Heinrich war ein emotionaler Verfechter für den Neubau und es gab natürlich Gegner."
„Die Sie auch vertreten haben?", blickte ihn Kaspar skeptisch an. Klaus Koning rutschte auf seinem Stuhl unruhig hin und her. „Ja."
Kaspar schüttelte kurz den Kopf. „Also ein Berater für beide Seiten."
Kaspar fand diesen Zeitpunkt gut, ihn in die Enge zu treiben. Die Kollegen kannten diesen leisen, drohenden Unterton seiner Stimme nur zu gut.
„Beherrschen Sie die Nickertötung?", befragte ihn Kaspar nachdrücklich. Koning schaute ihn verwundert an, antwortete aber gleich.
„Ja, mein Vater zeigte sie mir, früher war das so. Wegen der Art der Tötung könnte ich aber diese Technik nicht anwenden."
Koning holte tief Luft und ließ sie wieder entweichen. „Was hat das mit Heinrich oder seinem Tod zu tun?"
„Wir ermitteln in einem neuen Mordfall. Der Mörder von Heinrich könnte auch diesen Mord begangen haben."
Klaus Koning sah total überrascht auf Kaspar. „Mord an Heinrich mit einem zweiten Mordfall? Das höre ich zum ersten Mal", wunderte sich Koning.
„Wer oder was könnte in einem Menschen in Heinrichs und Ihrem Alter über 30 Jahre einen unglaublichen Hass auf ihn so geschürt haben, dass er jetzt mordet?"
„Mein Gott, was für eine Frage, wer sollte das sein?" „Das frage ich Sie, Klaus Koning!" Kaspar war nicht klar, ob dieser Mann einen Unverdächtigen schauspielert oder ein Unverdächtiger war. „Der Täter könnte einen Helfer gehabt haben."
Kaspar blickte seinen Gegenüber durchdringend an. Dieser richtete sich unwillkürlich auf. „Herr Koning, ich werde das Gefühl nicht los, dass Sie nicht die Wahrheit sagen oder was verbergen, das für unsere Ermittlungen wichtig ist."

„Ich, ich habe keine Ahnung, wer die Morde begangen hat, das müssen Sie mir glauben", begehrte er auf. „Ich weiß ja noch nicht mal wer das zweite Mordopfer war."
„Wir müssen eine Hausdurchsuchung bei Ihnen beantragen", brüskierte ihn Kaspar.
„Nein!" Koning sprang auf, sodass der Stuhl zu Boden krachte.
„Dann bin ich ruiniert."
Kaspar gelang es, eine unbeteiligte Miene aufzusetzen, um ihn weiter zu provozieren.
„Sie kannten Heinrich von Berg, denn Sie haben auch seine Gegner juristisch vertreten. Sie kannten Tina Weber!"
Koning knöpfte seinen Janker auf und stellte den Stuhl hin. „Tina, der zweite Mord?", sank er bestürzt auf den Stuhl. Interessanter Mann, dachte Kaspar. Dichtes dunkles Haar, graue Schläfen, natürlichen braunen Teint, froschgrüne Augen.
„Woher war Ihnen Tina Weber bekannt?" Kaspars Stimme hatte eine gefährliche Schärfe im Ton. Koning begann in seinen Taschen zu kramen und zog ein Taschentuch heraus, um seine Schweißperlen abzuwischen.
„Wir hatten vor einem halben Jahr ein Verhältnis." Seine Stimme zitterte.
„Sie war wunderbar unkompliziert, verzauberte mich sofort mit ihren kornblumenblauen Augen."
Er senkte den Blick. Stille. Einen Augenblick. Er kämpfte mit den Tränen. Koning konnte seinen Blick noch nicht erheben, sprach aber weiter.
„Ich traf sie im Museum bei einer Führung. Bekannte hatten mich überredet, an einer Abendführung teilzunehmen mit anschließendem Abendessen. Für Tina war ich ein kurzes Abenteuer." „Und für sie war es mehr?", fragte Kaspar milde nach.
„Ich war süchtig nach ihrer ungekünstelten herzlichen Klugheit."

Sein Blick war nach innen gerichtet.
„Ein ganz besonderer Satz von ihr machte sie für mich unvergesslich: *„Wenn Du immer nur auf Fehler schaust, seien es die eigenen oder die der anderen, dann übersiehst Du die einfache schöne Freude, die besonderen Augenblicke."*
Klaus Koning war blass geworden.
„Ja, ich habe ein paar Wochen versucht, mit ihr wieder in Kontakt zu kommen."
Kaspar stellte ihm ein Glas Wasser hin.
„Mein lieber Jurist, Sie wissen, wie brenzlig Ihre Situation ist, teilen Sie mir nun schleunigst mit, ob Ihnen gestern oder die letzten Tage jemand aufgefallen ist, der ebenfalls Kontakt zu Tina suchte oder sie beobachtete", drängte ihn Kaspar.
„Denken Sie nach, wir haben keine Zeit zu verlieren! Bitte! Und das sage ich kein zweites Mal."
Entschlossen schaute Koning auf Kaspar. „Sie können sich auf mich verlassen. Wenn ich darüber nachdenke, fällt mir ein Radfahrer ein, der lungerte zwei- bis dreimal vor dem Museum. Er fiel mir auf, weil er einen schnittigen schwarzen Fahrradhelm trug, der aber irgendwie zu seiner restlichen Kleidung nicht passte."

39: *Die Natur und der Schäfer*

Anton, der Schäfer, saß auf seinem alten Stuhl neben dem Kassenhäuschen der Gierponte, zeitweise mit einer Kanne Kaffee, die er sich beim Wirt der Siegfähre geholt hatte. Graf, sein treuer zottiger Hund, himmelte ihn an. Der Hund war sein ergebener Zuhörer. Der Schäfer streichelte das braune Fell seines Hundes. Die Besucher des Restaurants erfreuten sich an dem idyllischen Bild und manch einer kam auf ein Kläfchen zu Anton. Manchmal war Hedi dabei, das in die Jahre gekommene schwarze Mutterschaf. Niemand ahnte, wie Anton von früher träumte, als

seine Familie und die Schafe hier ihr zu Hause hatten. Anton wusste viel über die Sieg, zum Beispiel, dass „Sieg" soviel bedeutete wie schneller Fluss. Er war stolz darauf, weit am Siegufer entlang mit seinen Schafen gezogen zu sein. In Eitorf und Hennef hatte er jeweils einen ganzen Sommer verbracht. Aber hier, in dem Mündungsgebiet der Sieg, war seine Heimat. In Meindorf wohnte ein Kollege von ihm, nicht weit von hier. Hin und wieder wanderte er mit seiner Herde über den Damm und die Siegniederung von Müllekoven und Eschmar. Die Schafe grasten am Rande alter Streuobstwiesen, die heute als Biotope geschützt sind. In seiner Kindheit waren es die Obstgärten der Bewohner. So ändern sich die Zeiten. Früher als Jugendlicher, beneidete er Heinrich, der soviel über die Heimat wusste.
„Der Mühlengraben war in historischer Zeit ein Siegarm und wurde im Mittelalter zu einem Mühlengraben ausgebaut. Das Mühlengewerbe hatte in der Gegend eine große Bedeutung", kam ihm in den Sinn und wie Heinrich ihm dies erklärt hatte. Sie fühlten sich als eine Kinderbande, unterwegs in der lebendigen Natur. Klar, dass damals auch gewildert wurde und manch ein Fasan oder ein Hase dran glauben musste.
Anton erinnerte sich gut an die vielen Altarme der Sieg, das klare Gewässer, auf dem Seerosen schwammen. Und seines Vaters Kahn, der versteckt zwischen Weidengebüsch, Pappeln und Gestrüpp ankerte, bis das schlimme Unglück passierte. Er liebte die Siegaue. Die Fischreiher, die unbeweglich auf Beute lauerten, oder wenn auf der spiegelglatten Wasserfläche majestätisch der Schwan zog. In der Kreisstadt Siegburg durfte er während eines Jagdseminars über „Unsere Heimat" seine Imitation der Vogelstimmen vorführen. Meisterlich beherrschte Anton das Jubilieren der Lerche, das Gurren der Tauben und das Schreien des Fasans. Mit dem „Rätschen" des Eichelhähers bekam er höchste Anerkennung. Zu der anschließenden Diskussion der Jäger,

warum die Warnsignale die Jäger oft genug um den jagdlichen Erfolg brachten, konnte er nichts beisteuern. Aber er gehörte für ein paar Stunden dazu. Der erste Morgenstrahl war sein Wecker und stille Nebelschwaden seine Freunde. Typisch die stillen Buchten im Ufergebüsch mit den verflochtenen Ranken und Wurzeln der Buschwindröschen. Ein bemooster Stein unter den Farnen. All die winzigen Schönheiten blieben ihm nicht verborgen. Er empfand es als Glücksmoment, den treibenden Wasservögeln zuzuschauen und wie Schmetterlinge sich auf den Blumenkelchen schaukelten. Und schwiegen die Menschen in der Nacht, war er allein mit seinem Hund „Graf" und dem schwarzen Mutterschaf „Hedi". Geborgen unter einem Weidenstrauch, zugedeckt mit seinem dicken Lodenmantel, wurde er gewärmt von seinem Liebsten, was er hatte, seinem Hund. Es bereitete ihm Trost, wenn er den ach so ehrbaren Menschen zeigen konnte, ihre geordneten Grenzen zu überschreiten. Wie vor einiger Zeit die Freundin von Heinrich ihn schlafend unter dem Weidenstrauch entdeckte und meinte, ihn als Hilfsbedürftigen behandeln zu müssen. „Warum liegst de hier? Du ärme Jung, kann ich de helefe, willst jett ze esse?", schüttete sie einen Wortschwall über ihn.
„Geh weg Weib, ich halte ein Nickerchen, mein Auto steht auf dem Parkplatz."
Ohne dass er sich ihr zugewandt hatte, machte sie sich davon, brummend über die Unfreundlichkeit. Mensch und Natur, still und schön. Er brauchte nicht den Kampf um das sogenannte gute Leben. Er wollte Gerechtigkeit. Das Vertreiben seiner Familie aus dem Holzhaus am Siegufer, ihr Sommersitz für Schafe und Mensch, das wurmte ihn. Der explosionsartige Tourismus, nachdem die Brücke gebaut war, machte ihm oft zu schaffen, obwohl er die Gespräche mit den Naturliebhabern liebte. Den Stadtverordneten erläuterte er nach der Einweihung der Brücke. „Das Sonnen-

licht im Wasser der Sieg wird nie mehr in wechselnder Farbenpracht aufleuchten wie vor dem Bau der Brücke."
Aber das interessierte die Menschen nicht. Er krabbelte Graf, seinen Hund, hinter den Ohren. „Was schützen wir in Wirklichkeit? Die Natur oder das Geschaffene? Menschen sind ständig in der Auseinandersetzung. Was erfährt der Mensch in seiner Sichtweise? Einen Ausschnitt des Augenblicks der Natur? Eine ewige Geschichte, in der die eigenen Wurzeln nie verloren gehen." Graf grunzte. Anton war ein historisch interessierter Mann und stolz darauf, einen großen Teil der Siegaue mit seiner Herde bewandert zu haben.
„Graf, mein Treuer", seufzte Anton, „es geht im Leben alles viel zu schnell vorbei. Vor allem das Hundeleben."
Ein kleines Licht kam auf ihn zu. Sein Neffe Ricki mit der Taschenlampe, den er seit ein paar Monaten in seinem Haus in der Bergstraße beherbergte, wollte gleich die Nachtschicht übernehmen.

40: *Michels Jagdseminar*

Die Räume auf Burg Wissem mit der Restauration und das Landhaus mit seinen Unterkünften und Seminarräumen waren ideal für das Ausrichten von Gesellschaften, das Organisieren und Durchführen von Schulungen. Hier fand auch das einwöchige Seminar über verschiedene Tierarten und das Waffenrecht statt. Es war schon lange im Voraus ausgebucht, weil ein großes Interesse deutschlandweit herrschte. Die Referenten Michel Bund, als Beauftragter der Siegaue, und Johannes Trier, als Leiter des Seminars, wurden aufgrund ihres herausragenden und fachkundigem Wissen geschätzt. In dieser einzigartigen Landschaft im Wald und der angrenzenden Heide konnten praktische Erfahrungen und Techniken vorgeführt werden. Michel referierte über die Tierarten, Wildbiologie, Wildhege und Jagdbetrieb, Wildschadensverhütung und Führung von Jagdhunden. Er war beliebt und wegen seiner attraktiven, schlanken und sportlichen Erscheinung himmelten ihn einige Damen aus der Jägerwelt an. Johannes referierte über Waffenrecht, Waffentechnik, den Umgang mit Waffen und Munition, zum Beispiel über das montierte Zielfernrohr, davon über die notwendigen Anforderungen oder die Waffenpflege im Winter. Selbst mit diesen kurzen Referate nbegeisterte Johannes seine Zuhörer.

„Nun zur Pflege des Jagdmessers", kündigte Johannes den nächsten Punkt an. Michel schüttelte den Kopf. Johannes war ein Hüne von einem Mann mit stattlichen 2,04 Metern und geschätzten 120 Kilo Gewicht. Michel schaute zu Johannes hoch und das tat er im wahrsten Sinne des Wortes, weil er 20 Zentimeter kleiner war. Die beiden saßen nach Abschluss der letzten Seminarstunde beisammen, Johannes war der besorgte Ausdruck in Michels Gesicht nicht entgangen. Michel erzählte ihm von seinen beiden gescheiterten Beziehungen und dass er seit einem Jahr wieder in seiner Heimat in der Siegaue lebte. Wie er Lissy, seine Jugendfreundin, wiedergefunden hatte und wie der Mord an Tina und Heinrich ihn krank machte aus Sorge um Lissy, die im Fokus des Mörders stand.

„Wer sticht einen Menschen ab wie ein Tier?", hörte sich Michel mit belegter Stimme fragen, „und wer außer einem ausgebildeten Jäger beherrscht die Nickertötung?"

„Daher Deine Anspannung bei der Erwähnung des Messers." Michel schaute ihn entschuldigend an.

„Ich denke, dass derjenige, der diese Technik von seinen Vorfahren übernommen hat, kein ausgebildeter Jäger sein muss. Er wird nicht mehr jung sein, denn heute traut sich kaum jemand mehr diese Technik auszuführen."

Johannes schaute Michel eine Zeit schweigend an und sprach weiter. „Dieser Täter wird das Messer nach der Tat an seiner Hose abputzen und wie selbstverständlich in seinem Alltag benutzen."

Michel brachte kein Wort heraus und ihm blieb beinahe das Herz stehen, als Johannes weiter ausführte „Ich denke, er wird in Eurer Heimat wohnen und er stets Lissy im Visier hatte. Und Dich, Michel!" Dieser Satz setzte sich in Michels Kopf fest und jäh griff er zu seinem Handy.

„Ich muss gleich mit Justus und Kaspar telefonieren." „Mist, mein Akku ist leer". Spontan hielt Johannes ihm sein Handy hin. Während Michel aufgeregt die Telefonnummern drückte, meinte er: „Ich kann es kaum erwarten bis Lissy hier ist, aus der Gefahrenzone an der Sieg."

Johannes klopfte ihm auf die Schulter. „Ich bin jederzeit für Euch da, Anruf genügt."

Michel nickte und teilte Justus die Neuigkeiten mit.

41: *Kaspar und Justus im Hause von Berg*

Für Kaspar war klar, dass er die Aufklärung der Morde in Heinrichs Umfeld finden musste. Er hatte sich mit Justus im Hause von Berg verabredet. Lissy hatte Justus darum gebeten, die Wohnung ihres Vaters für Kaspar zu öffnen. Justus setzte sich mit wachsweichen Beinen auf die Bank in Heinrichs Küche. Wenig später kam Kaspar schnellen Schrittes durch den Hof und öffnete gleich die Tür zur Küche. Justus stand auf und nickte ihm zu, an dem kleinen Holztisch mit den Jagdornamenten Platz zu nehmen, mit Blick auf den Damm und die Aue. Eine wunderbare Aussicht. „Tach Justus."

Während Justus ihm einen Kaffee zubereitete, berichtete er aufgeregt von dem Telefonat mit Michel. Kaspar hörte gespannt zu, während er verschiedene Schriftstücke auf dem Tisch sortierte. Justus sah ihm an, dass er sich sammelte und überlegte. Er setzte sich Kaspar gegenüber. Kaspars

dunkle Augenringe verrieten den geringen Schlaf. Er sah angeschlagen aus und trank begierig an seinem Kaffee. Seinen Stuhl rückte er zurecht und schaute Justus konzentriert ins Gesicht, als er ihm die Frage stellte: „Also bleibt uns nur der Wahnsinnige?"
„Ja", erwiderte Justus, „von solch einer Wahnsinnstathabe ich vor vielen, vielen Jahren gehört, ich kann den Sinn noch nicht fassen. Ich erinnere mich im Moment nur bruchstückhaft."
„Du fragst, wer Dir davon berichtet hat oder wo Du darüber gelesen hast?", rieb sich Kaspar gedankenvoll über sein Kinn.
„Genau, ich habe in Fachbüchern und im Archiv von „Siegaue Aktuell" nachgeschaut, nichts begegnete mir, wo ich sagen könnte, dass ist es", antwortete Justus unzufrieden.
„Und wenn Du den Gedanken nach diesem bestimmten Vorfall erstmal beiseite legst und Dich darauf konzentrierst, was Du im Moment über diese Art Wahnsinn sagen kannst", fragte ihn Kaspar aufmerksam.
„Ja, da habe ich mich schlau gemacht", sagte Justus eifrig und war froh, für einen Moment diesen hartnäckigen Druck los zu sein. „Persönlichkeitsbilder sind leidenschaftlich besitzgierig, wenn es um Dinge geht, die einem Menschen seiner Meinung nach zustehen, einschließlich des Erfolges. Er wartet, bis sich ihm die Gelegenheit bietet. Mit der ihm eignen geheimnisvollen Kraft verwirklicht er dann seine Wahrheit nach einem sorgfältigen Plan, unter bestimmten Umständen nach einem grausamen Plan."
Justus ging vor dem großen Fenster mit dem Ausblick in die Aue auf und ab. „Jetzt erkenne ich dieses Persönlichkeitsbild noch genauer: Es besteht der krankhafte Drang, die ausgeprägtesten Tiefen in sich kennenzulernen, um der Grausamkeit zu verfallen. Jedoch durch ein starkes Einfühlungsvermögen in die menschliche Natur wird man vom ängstlichen Menschen zum befähigten Kundschafter und

Schauspieler, der sich in seine Rolle hineinversetzen kann."
Kaspar massierte seine Schläfen. Er blickte Justus an.
„Der Täter ist in der Lage, sich als netter Nachbar zu tarnen?"
Justus nickte zustimmend. „Würde er auch bis zum Suizid gehen?"
„Ich weiß es noch nicht", hob Justus die Schultern,
„Was passiert jetzt in dem Täter nach den zwei Morden?", fragte Kaspar nach und er hatte grausige Bilder vor Augen.
Justus schaute ihn schweigend an, denn er ahnte, was in Kaspars Kopf vorging.
„Dä Wahnsinn ist schlimmer wie der Düvel."
„Herr Kommissar Heimberg", meldete sich Frau Dr. Blum per Handy.
„Auf meinem Tisch landete die Meldung eines Diebstahls einer wertvollen Kartografie des Herzogtums von Berg aus dem 13. Jahrhundert. Der Diebstahl des guten Stücks wurde erst jetzt bemerkt. Im Zuge der Restaurierung des Michaelsberg, wurde diese dem LVR-Museum Bonn zur Aufbewahrung gegeben. Das LVR-Museum bestätigte, dass Kartografien im Rahmen von Kunsttransporten wieder dem Michaelsberg zugeführt werden sollten, aber bis heute das Original nicht auffindbar ist. Warum kamen sie dort gar nicht an?"
„Für den Transport muss doch jemand unterschrieben haben", bemühte sich Kaspar um einen ruhigen Ton, weil er ahnte, wer unterschrieben haben könnte.
„Ich habe Lissy von Berg noch nicht erreichen können, weil dieser Diebstahl ab nächste Woche in ihr Ressort fällt. Sie sollte die Klärung, im eigenen Interesse, schnellstmöglich übernehmen."
„Frau Staatsanwältin, ich werde Lissy von Berg informieren, Sie brauchen sich nicht weiter darum kümmern."
Kaspar sackte für einen Moment in sich zusammen und runzelte die Stirn.

„Du glaubst doch nicht, dass Lissy damit zu hat?“, regte sich Justus auf.
„Nein, nicht Lissy, aber Shukran hätte die Möglichkeit und das weiß auch Frau Dr. Blum!“

42: *Justus Recherchen*

Kaspar war vor einiger Zeit gegangen. Justus saß dagegen noch wie angewurzelt am Küchentisch. Dutzende Bücher türmten sich vor ihm auf. Wahllos nahm er sich ein Heimatbuch von Heinrich und sah sich das Verzeichnis über die Anekdoten und Geschichten an.
Der Bauer Tünn, der Junge und die Heilige Katharina. Was sagt mir das?, grübelte er. Interessiert las er diese Erzählung aus der Vergangenheit: „Für Tünn gehörte der Dank an den Herrgott zum Tag wie die Arbeit auf dem Feld. Daher ging er jeden Tag in seine Lambertus-Kirche in der Bergstraße. Er hatte seinen Stammplatz. Hintere linke Seitenbank. Bereits nach dem Eingangslied hielt Tünn innere Einkehr. Er setzte sich hin und gleich sackte sein Kopf auf die Brust. Da er direkt an dem Pfeiler saß, stütze er sich seitwärts ab. In dieser frommen Haltung blieb er bis das letzte Lied gesungen wurde, das nicht mehr stimmgewaltig klang, weil Eilige die Kirche bereits verlassen hatten. Tünn stand auf, segnete sich am Weihwasserkessel und ging mit wachen, frohen Augen nach Hause. Als der Pastor ihn darauf ansprach, „Tünn, ich höre dich nie beten und singen?, antwortete er: ‚Ich höre dem Herrgott zu.‘
So hielt er es, bis das letzte Lied vorbei war und alle die Kirche verlassen hatten. Der Küster hatte Dienstschluss. Er schloss die Kirche ab. Als es am nächsten Tag zur Morgenmesse läutete, tuschelten die Männer: ‚Der Tünn ess at wedder de ierschte.‘ Er saß schon in seiner Bank. Eines Abends, als dem Küster zu Hause Unruhe überkam, ob er alle Kerzen gelöscht

habe, fuhr er mit seinem Fahrrad zur Kirche, um die Kerzen zu kontrollieren. Da fand er Tünn, schlafend, eingewickelt in den roten Teppichläufer im Hauptgang. Spätestens am anderen Tag wusste jeder im Dorf, dass Tünn nicht innere Einkehr hielt, sondern öfters vom Schlaf übermannt wurde. Hin und wieder schmunzelte man, jeder gönnte dem rechtschaffenen Tünn diese fromme Mütze Schlaf. Der Küster besprach sich mit ihm und versprach Tünn, nach der Abendmesse nachzuschauen, ob niemand mehr in der Kirche war. Das war auch des Küsters Aufgabe. So kam es, dass Tünn dem Küster von seiner gespenstischen Beobachtung erzählte: Nach der Messe, als der Küster noch den Altar abräumte und für den nächsten Tag vorbereitete, schlich ein Junge flüsternd betend zum Seitenaltar. Dort stand die Statue der Heiligen Katharina von Alexandrien mit dem zerbrochenen Rad. Der Junge schaute nach allen Seiten und wie fixiert kletterte er auf den Altar, um die Heiligenfigur und das Rad zu streicheln. Mit glühenden Wangen sprang er von dem Altar, als der Küster in die Nähe kam. Er wollte nicht gesehen werden. Diese Heiligenfigur stand auf einem Holztabernakel, dessen Tür der kleine Junge auf- und zumachte. Das wäre selbst dem Tünn zu viel gewesen und er verließ kopfschüttelnd die Kirche“, beendet Heinrich diese Erzählung.
Heinrich von Berg berichtet in seinem Buch auch, dass nach der Restaurierung der Kirche die Statue der Heiligen Katharina, die von den Einwohnern sehr verehrt wurde, als gestohlen gemeldet worden war, weil sie nicht mehr auffindbar war. Er selbst habe sie zufällig später in einer Holzhütte gefunden. Heinrich hatte sich Hilfe geholt und die Statue in einem Karren zum alten Fischereimuseum gebracht. Dort gehörte sie schließlich hin.
Justus klappte das Buch zusammen, rieb sich die Nase und wiegte unentschlossen den Kopf hin und her. Er spürte, in dieser Geschichte lag vielleicht ein hinweis auf den Täter.

Der Anruf von Marlene riss Justus aus den Gedanken. „Kannste zu mir nach Troisdorf kommen, ich bin mit de Nerven runter? Vielleicht fällt uns zusammen noch wat ein."
„Ich komme Marlene", versprach Justus, „es ist gut, dass Du angerufen hast, ich muss mit jemandem reden, der Heinrichs und Lissys Heimat kennt."
Er startete seinen schwarzen Jeep, sein neues Auto, das er vor seiner USA-Reise gekauft hatte, und fuhr in Richtung Troisdorf. Justus parkte sein Auto vor dem Kiosk. Dieses sonnengelb gestrichene Zweistockhaus fiel neben den altgrauen Häusern ins Auge. Vor allem die blaue Leuchtschrift „Troosdorfer Kiosk" war ein Hingucker. Beladen mit Heinrichs Büchern ging er zur Tür. Marlene stand vor der Eingangstür und empfing ihn mit offenen Haaren und Armen.
„Mich überfällt die Panik. Su wiggermaache, als ob nix passiert wär. Doröm han ich de Kiosk zojemaat."
Sie umfasste Justus Arm. „Komm, Liebschen, setzen wir uns un verzälle" und zog ihn auf die gemütliche Bank in ihrer großen Küche und stellte eine große Tasse Tee auf den wunderbaren alten Eichentisch vor ihn hin. Justus hielt die heiße Tasse mit beiden Händen und doch liefen ihm kalte Schauer über den Rücken.
„Marlene, kennst Du die Geschichte mit Tünn und dem kleinen Jungen, der religiös fanatisch an der Heiligen Katharina hing?"
„Klar, ich wor noch beim Heinrich, als er dat Boch jeschrivve hät" und zeigte darauf.
„Das ist gut", nickte Justus. „Als ich die Geschichte gelesen habe, hatte ich das Gefühl, hier eine Antwort zu finden auf die Fragen zum Täter und zu seinen Taten."
Justus schob seinen Notizblock in Gedanken verloren hin und her.
„Drei dringende Fragen stehen über der Geschichte: 1. Dieser Junge von damals, lebt er noch hier in seiner Heimat?

2. War er ein Freund von Heinrich? 3. Und wieso verehrte er gerade die Heilige Katharina? Diese Figur scheint mir ein wichtiger Punkt zu sein."

„Genau, dat ist et Motiv", meinte Marlene erregt. Sie konnte nicht mehr sitzen und stellte sich vor den Tisch.

„Aber bitte sage es so, dass ich das verstehen kann", lächelte Justus. Marlene nickte und begann. „Zur Erklärung sage ich dir: Die Katharina von Alexandrien mit dem zu Füßen stehendem zerbrochenen Rad ist die Schutzpatronin der Fischereibruderschaft und die Figur steht heute schön aufgestellt im Fischereimuseum. Die Heilige Katharina wurde von Herzog von Berg hoch verehrt. Man erzählt sich, dass er an ihrem Namenstag ein Lamm schlachten ließ, um ein Festmahl ihr zu Ehren zu halten."

Justus unterbrach sie. „Marlene, wessen Leben war darauf ausgerichtet? Wer lebt in so einem Wahnsinn, in dem die Heiligen und Ahnen mit ihrer geheimnisvollen Kraft einen Menschen zum Mörder treiben? Hat der Mörder Angst davor, dass jemand auf die Idee kommt, die beiden Morde hätten mit der Heiligenfigur zu tun? Oder, will er uns alle zu dieser Heiligen treiben, in seinem Wahn?"

„Du meine Güte, das sind die Fragen, die beantwortet werden müssen", meinte sie nachdrücklich und stemmte die Hände in die Hüfte. „Ach Marlene, mein Kopf fühlt sich im Moment an wie auf einem Kirmesplatz. Stimmengewirr und an die hundert verschiedenen Geräusche."

„Und mir ist et fies kalt", sagte sie und kuschelte sich neben ihn. Justus lehnte seinen Kopf an ihre Schulter. Marlene und Justus fühlten sich in diesem Moment geborgen und verstanden, wie seit vielen Jahren nicht mehr.

„Warum bist Du nicht mehr Chef Deiner Zeitung ‚Siegaue Aktuell'?" „Das war ich mit Herzblut 30 Jahre lang. Mit dem Deutschlandfest in Bonn und gleichzeitig dem Nordrhein-Westfalen-Tag habe ich diese interessante und emotionale Wegstrecke beendet. Dieser Tag versöhnte mich

mit manchem tragischen und katastrophalen Ereignis. Im Grunde wollen die Menschen miteinander klarkommen. Und ich will mir meinen Traum erfüllen. Endlich Zeit haben, um Bücher zu schreiben. Mein Wissen weiterzugeben. Schreiben hilft beim Älterwerden", lächelte er.
„Dat ist schön, jetzt kannste mir net mieh wegloofe", sprudelte es aus ihr heraus und sie kuschelte sich noch näher an ihn. „Aber bestell Deinem Kommissar: dass er mir ein Hassjefühl gegenüber Heinrich unterstellen wollt, verjesse ich ihm net."

Justus war auf dem Wege nach Hause. Fast hätte er in Höhe der neuen Stadthalle eine rote Ampel übersehen. Er lenkte sein Auto auf den Parkplatz vor der Sieglarer Gaststätte „Pompe Jupp". Über den Kunsttransport der Grafiken und Landkarten mit Lissy und Shukran machte er sich auch Sorgen. Er würde auf jeden Fall noch ein paar Unterlagen zu Hause holen und dann wieder zurück nach Troisdorf, den Beiden nachfahren. Lissys Dickkopf ging einer Gefahr nicht aus dem Wege. Und bei seinen Recherchen hatte er erfahren, dass auf den alten Landkarten aus dem 17. Jahrhundert auch die Grenzen des Großherzogtums von Berg aufgezeichnet und beschrieben waren. Könnte auch eine Falle des Mörders sein. Die Mitteilung von Kaspar, dass Frau Dr. Blum unterschwellig Shukran verdächtigte, die Kartografien des 13. Jahrhunderts aus dem Michaelsberg ausgetauscht zu haben, war für ihn nicht glaubhaft. Und dann Shukran vielleicht sogar noch des Mordes zu verdächtigen? Das würde er aus psychologischer Sicht eindeutig widerlegen. Gelegenheit hätte er gehabt, aber er könnte sich nicht dermaßen verstellen. Nein! Justus musste Kaspar noch eindeutig mitteilen, dass Shukran diese Taten nie begehen würde.

43: *Kunsttransport*

Die Enttäuschung über Peter trieb Shukran nur zu dem Gedanken, Tinas Mörder zu finden. Wenn er über das Telefonat heute früh am Morgen dachte, fühlte er sich hundeelend. Peter meinte, ihm über den Termin in Bad Godesberg nichts gesagt zu haben, war richtig, denn es sei sein Standpunkt und seine Wahrheit. Und Shukran fühlte sich total hintergangen, weil Peter ihm nicht vertraute.
„Deine Sicht der Dinge", beendete Shukran das Gespräch mit Peter, weil er spürte, wie sein Magen sich zusammenzog. Er wusste in diesem Moment, sie hatten sich verloren in der Betrachtungsweise ihrer Freundschaft.
Es war ein nebliger Morgen, der gutes Wetter versprach, als er Lissy an Michels Haus in Bergheim abholte. Sie stand reisefertig auf dem Bürgersteig. Shukran stieg aus seinem Auto und ging um das Auto herum, um ihr die Tür aufzuhalten. „Oh, wie vornehm", lächelte Lissy.
„Was einer schönen Frau gebührt, soll sie haben", flachste Shukran.
„Verdammt, Shukran, ich habe vergessen, um Polizeischutz zu bitten", schlug Lissy sich mit der flachen Hand vor die Stirn.
„Du bist doch jetzt bei mir", meinte er. „Dann wollen wir mal diese wertvollen Landkarten und Grafiken transportieren und auf Burg Wissem abliefern. Die Museumsleitung bat auch um ein Exposé einer ägyptischen Schrift, die im Tresor des Musit liegt."
Die Fahrt verlief die ersten fünf Minuten schweigend.
„Mein Großer, wie ist es Dir gestern Abend alleine ergangen?", erkundigte sie sich und streichelte seinen Arm.

„Ich lag lange wach, geschüttelt von Schmerz und Rachegelüste. Die Frage, warum ich Tina alleine losfahren ließ, macht mich fertig."
„Hatte sie Dir Gelegenheit gegeben, sie zu begleiten?"
„Nein", gestand Shukran und schaute sie kurz von der Seite an.
„Aber wer ist das, Lissy, der diesen grausamen Hass auf Dich hat?"
Shukran schaute sie kurz von der Seite an und meinte: „Ob es vielleicht doch mit den Kunsttransporten zu tun haben könnte?"
Lissy konnte über diese neue Sichtweise vor Erstaunen kein Wort herausbringen.
„Mit Geschäftemachern und Betrügern in unserer Sparte hattest Du reichlich zu tun. Erinnerst Du Dich noch an den Galeristen, der ohne Argwohn einem Kunstliebhaber eine Fälschung verkaufte?"
Allmählich dämmerte es Lissy, worauf er hinauswollte. „Der uns drei verdächtigte, das Original unterwegs mit der Fälschung vertauscht zu haben?"
„Ja", ereiferte sich Shukran, „seitdem tausende Kunstgegenstände im Internet angeboten werden, z.B. in Online-Auktionen, wissen die Fälscher, was gerade gefragt ist.
„Ich hatte vor ein paar Tagen ein kurioses Treffen. Gustav, ein etwas eigentümlicher Sammler, bat mich um ein Exposé einer ägyptischen Alabaster Vase. Ein zwielichtiger Verkäufer hatte sie ihm verkauft als Tutanchamuns Grabbeigabe."
„Wie bitte?", ereiferte sich Lissy.
„Genau, das habe ich ihn auch gefragt. Aber er konnte offiziell niemanden fragen, weil er als Staatsanwalt tätig sei, ob ich nicht doch ein Auge drauf werfen könne."
Lissys ungläubiger Blick hinterließ eine tiefe Stirnfalte.
„Du hast nie mit mir darüber gesprochen, das irritiert mich."

„Ja, das stimmt“, gab Shukran zerknirscht zu, „aber das wollte Gustav nicht und ich nahm die Sache nicht ganz ernst.“
„Hast Du die Vase gesehen?“
„Nein, morgen 21:00 Uhr treffen wir uns im Berger Hotel in Siegburg.“
„Shukran, das gefällt mir überhaupt nicht. Meinst Du nicht, das könnte eine neue Masche sein?“
„Natürlich wird gezielt gefälscht und unsereins wird angeheuert, um ein Exposé anzufertigen. Wenn ich eine Fälschung für echt einstufe, ist die Fälschung aufgehoben“, lenkte Shukran sich von seinen aufkommenden Zweifeln ab und schaute intensiv auf die Fahrbahn.
„Hat dieser Gustav auch einen Nachnamen?“, bohrte Lissy nach.
„Ehrlich gesagt, weiß ich ihn noch nicht. Wir hatten uns letzte Woche in der Bar des Hotels kennengelernt und ich fand ihn sympathisch.“
Lissy bemühte sich ihre große Unruhe zu verbergen.
„Verschiebe doch den Termin um eine Woche, dann schaue ich mir diesen Gustav nächste Woche mal aus der Nähe an.“
„Okay, das ist wohl das Beste.“ Er schaute sie kurz von der Seite an.
„Jetzt bist Du selber beunruhigt, denn so könnte doch jemand aus dem Milieu dich hassen.“
„Du denkst wirklich, der Mord hat was mit der Arbeit zu tun?“, versuchte Lissy zu ergründen. Shukran nickte.
„Ich begreife nicht, dass jemand aus Deiner Heimat einen so großen Hass auf Deinen Vater hat, so dass er Tina und vielleicht dich töten muss. Warum soll ein einziger solch einen ‚Krieg‘ führen?“
Sie fuhren in eine Nebelwand und hielten den Atem an. Im Schritttempo fuhren sie weiter und kamen nur langsam voran. Lissy hielt die Augen geschlossen, sie hatte große Angst vor einem Unfall.

„Mann, dieser Drängler hinter uns hält keinen Abstand", erschreckte sie Shukran. Als die schlechten Sichtverhältnisse sich gebessert hatten, atmete Lissy laut ein und aus. Ein alter Posttransit überholte sie.
Ob schon die Auswertung der Zulasser verkaufter Posttransite geklärt ist?, schoss es ihr als Gedankenblitz in den Kopf. Sie stellte innerlich die Frage zurück, im Moment war das Gespräch mit Shukran wichtiger.
„Um auf meinen Gedanken über Kunstdiebstahl zurückzukommen, – das Thema interessiert mich seit längerem. Ich habe mich sogar darüber schlau gemacht bei der Dienststelle für Kulturgutfahndung."
„Willst Du auch Fälschern und Schmugglern auf die Spur kommen?", interessierte sich Lissy mit einem Lächeln.
Shukran musste lachen.
„Wie gut Du mich kennst. Was hältst Du davon, wenn Du dich auch beim Bundeskriminalamt bewirbst. Du bist ein Experte."
Shukran nickte heftig mit dem Kopf. „Das könnte mir tatsächlich gefallen, eine neue Aufgabe, das werde ich machen, wenn der Mord an Tina und Deinem Vater aufgeklärt ist."
Lissy nickte. „Ja fange neu an. Nur, ich denke nicht, dass wir den Mörder bei den Kunstdieben suchen sollten. Diese Morde hat ein zutiefst emotional Verstörter begangen. Lass uns für ein paar Stunden den Kopf frei machen, dann reden wir noch mal drüber."
„Okay, ist gut." Die Museen lagen bereits vor ihnen. Lissy rutschte auf ihrem Autositz hin und her und meinte „Zuerst einen dicken Kuss für Michel. Danach einen dicken Kakao und ein großes Stück selbst gebackenen Kuchen im neuen Café, in dieser Reihenfolge."
Sie parkten direkt an der Burgallee der Burg Wissem. Shukran bremste direkt vor dem Eingang. Lissy sprang aus dem Auto. Shukran freute sich auf das Gut, den Ritter-

sitz aus dem 14. Jahrhundert. „Zuerst streife ich durch die Natur, dann schaue ich mir die ägyptischen Schriften an."
„Ja tu das, mein Großer", strich Lissy liebevoll dem langen Kerl über die Wange. Da wog das Blut seiner ägyptischen Mutter in ihm. Lissy löste ihren Pferdeschwanz und schüttelte ihr blondes Haar. Ihr Herz machte einen Hüpfer. Sie sah Michel. Er stand mitten im Hof. Seine neue erdbraune Lederjacke wirkte attraktiv zur Jeans. Michel sah toll aus und winkte mit seinem schwarzen Cappy. Er zwinkerte mit seinen leuchtend blauen Augen, als er Lissy in den Arm nahm. Shukran überbrachte die Kunstgegenstände der Museumsleitung und beide quittierten die Übergabe.
„Na meine kleine Jägerin." Nach einer zärtlichen Begrüßung gingen alle drei gemeinsam die breiten Stufen hoch ins Café. Es roch wunderbar hier. Shukran ließ sich nicht lange überreden, ein Riesenstück Apfelkuchen zu essen und es zu genießen. Und doch schlang er es hinunter. Wie er auch die Stimmung genoss, aber inmitten dieser glücklichen Momente spürte er seine eigene Einsamkeit. Tina tot und Peter hatte ihn sehr enttäuscht. Er musste raus in die Natur und wollte Lissy von ganzem Herzen die kurzen Glücksmomente auskosten lassen. „Ich gehe mal mit meiner Kamera auf Motivsuche solange die Lichtverhältnisse so charakteristisch sind", meinte Shukran geschäftig.
„Ist gut", lächelte Lissy ihn an.

44: *Shukran*

Sukran hatte sich überzeugt, dass die Landkarten und Grafiken erstmal im Tresor des Musit eingeschlossen waren. Als er von der Burg Wissem aus, auch das alte Landhaus hinter sich lassend, ziellos auf den Weg machte, griff die Enttäuschung mit eisenharten Armen nach ihm und hielt ihn fest umklammert. Er musste plötzlich an das

denken, was er versuchte zu verdrängen, die Nickertötung an Tina. Irgendetwas kam ihm merkwürdig vor, aber er konnte nicht fassen, was es war. Sein Blick war düster und er war froh alleine zu sein. Die Digitalkamera holte er aus seiner olivgrünen Walkerweste mit den Dutzend Taschen. Ein Andenken an Ägypten, als sie einen Abstecher nach Kairo gemacht hatten. Tina und Lissy hatten ihm die Weste dort zum 30. Geburtstag geschenkt. Er ging weiter, ohne festen Plan, in diesem wunderbaren Naturparadies. Eine alte Scheune, oder war es ein maroder Schafsstall, versperrte seinen Weg. Das schief in den Angeln hängende Tor öffnete er und vergewisserte sich, dass die Scheune leer war. Rebhühner pickten im hohen Gras unter dem Überdach. Eine Elster betrachtete ihn mit richtungslosen Augen. Von der äußeren Rückwand aus führte ein schmaler Pfad zwischen zwei größeren Felssteinen, die wie in einem endlosen Schatten lagen und einen dumpfigen Geruch ausstrahlten. Shukran überfiel die dunkle Ahnung, ein Totenlager betreten zu haben. Er schüttelte sich angesichts dieser schauerlichen Atmosphäre und schlug die Richtung zum Tierpark ein. Ihm fiel just in diesem Moment ein, dass er in Heinrichs Büchern ein Bild mit den Ahnen von Berg aus dem 13. Jahrhundert gesehen hatte. Da war auf den Bildern etwas dargestellt, was ihn damals störte, als er es sah und das jetzt plötzlich klar vor seinen Augen stand. Lissy sollte sich von einem Fachmann dieses Bild erklären lassen.
Shukran nahm sein Handy aus der Hosentasche und sah ungläubig auf seinen Arm, als er gleichzeitig einen Schuss aus einem Jagdgewehr hörte. Vögel flogen aufgeregt zu den Wolken. Äste und Zweige brachen geräuschvoll und fielen zersplittert zur Erde. Holz knackte. Shukran spürte Blut, es lief wie ein Wasserhahn über seine Hand. Er musste Lissy warnen. Ob sie den Schuss gehört hatte? Hastig stolperte er über eine Wurzel und fluchte. Die Übelkeit stand in seinem Mund. Schwarze Pfeile jagten vor seinen Augen. Seine Knie

gaben nach und er lehnte sich an einen Baum und sank auf die Erde. Wie ein schwarzer Scherenschnitt sah er eine Gestalt, lichtlos, lautlos. Die Vögel verstummten schlagartig. Da sah er schmutzige, halbhohe Schuhe.
„Warum ein Nickermesser", wollte er noch sagen. Doch in der gleichen Sekunde wusste er es. „Tina", flüsterte er, „mein Gott, er ist auch bei mir." Ein kurzer wahnsinniger Schmerz im Nacken versagte ihm den Schrei.

Michel nahm Lissys Arm und sie setzten sich auf eine Bank hinter der Burg, versteckt zwischen Bäumen. Lissy lehnte sich an seine Schulter und weinte, endlich lösten sich die Verhärtungen ihrer Seele. Die letzten dramatischen Stunden konnte sie damit herausfließen lassen. Nach ein paar Seufzer an Michels Schulter fühlte sich ihre Seele ein bisschen leichter an. Sie trocknete ihr Gesicht mit seinem Taschentuch und schlenderten wie Jungverliebte zurück. Lissy und Michel klönten noch in dem gemütlichen Café und sie summten zu der Musik aus den 70er Jahren aus dem Radio, als Johannes kam und Lissy herzlich begrüßte. Er hielt einen hellgelben Briefumschlag in seinen Händen.
„Was ist das?", schaute sie ihn freundlich und gleichzeitig erstaunt an. Der zuckte die Schulter, er lag an der Rezeption von Burg Wissem. Lissy gab den Brief Michel, damit er ihn öffnen sollte. Ein eigenartiges Gefühl durchzog ihren Magen. *„Lizenz für Großherzogtum von Berg"*
„Er ist hier", stieß Lissy hervor und hielt die Hand gleich vor ihren Mund.
„Woher weiß er es? Das Fahrrad und die Fußstapfen", murmelte sie.
„Wie bitte?", rief Michel aufgeregt.
„Ich habe keine Furcht, Michel, ich bleibe so lange als Lockvogel unterwegs, bis wir ihn finden." Und sie erzählte ihm von ihren Beobachtungen. Mit kreidebleichem Gesicht be-

griff Michel. „Dann besteht die Möglichkeit, dass er Dich belauscht hat, als Du mit mir telefoniert hattest. So nah war er."
„Ja", sagte Lissy, „das kann gut sein, ich hatte das Küchenfenster gekippt zum Nachtigallenweg hin."
Sie verstand, dass sie einen Fehler gemacht hatte. Ihre Schultern sackten nach vorne. Michel stand auf und rief Kaspar und Justus an. Sie staunten nicht schlecht, als Justus verkündete in ca. zehn Minuten bei ihnen zu sein. Kaspar bat Lissy, nichts zu unternehmen. Er habe eine Information von Frau Dr. Blum, sie müsse dringend einen Diebstahl klären.
„Ja, kann ich tun, aber es geht jetzt um Shukran."
„Wo bleibt Shukran?", beunruhigte sich Lissy und trat ungeduldig von einem Fuß auf den anderen.
„Es geht bei dem Diebstahl vielleicht auch um Shukran", bemerkte Kaspar.
Lissy hörte nicht mehr zu. Aus dem Fenster sahen sie noch hellen Nebel, der von manchem Sonnenstrahl durchflutet zwischen den Bäumen schwebte. Plötzlich schmeckte jeder die Gefahr. Lebensgefahr für Shukran. Sie liefen aus dem Haus um die alten Gemäuer und den Riesenpark. Die alte Scheune hatte noch nie Michels Interesse geweckt. Der Wald hatte begonnen, die Scheune zu erobern und der Zugangsweg wurde nicht mehr regelmäßig betreten. Nur frische Spuren zeigten sich. Als Michel sah, was die Taschenlampe dem Schatten entriss, wusste er, was den Geruch verursachte. Blut. Die Erde blutete. Shukran saß vornübergebeugt an einem Baum. Seine Hand umklammerte sein Handy. Aus einem Stich im Nacken quoll noch Blut. „Das Schwein hat ihn abgestochen wie Tina und garantiert vorher in den Arm geschossen. Er kann noch nicht weit sein, das Blut ist frisch", rief Michel.
Sein geschulter Blick überprüfte die nähere Umgebung. Lissys große braune Augen sahen ungläubig auf Shukran. Wie eine Schlafwandlerin löste sie sich aus ihrer Starrheit.

Michel hielt Lissy nicht fest, sie musste zu ihrem Freund. Über die schwarzen Locken streichelte sie und schloss ihm die Augen.
„Mein geliebter großer Junge", trauerte sie. Die schmerzliche Erkenntnis, den Schuss nicht gehört zu haben, weil das Radio lief, vermittelte ihr ein unglückliches Gefühl.
Michel hatte schon Alarm gewählt. Das Martinshorn war zu hören. Lissy sah eine halbe Seite einer Kartografie. Ungläubig schnappte sie nach Luft. „Die Karte des Großherzogtums aus dem 13. Jahrhundert", flüsterte sie und hielt die Hand vor den Mund, um nicht laut aufzuschreien. Michel hielt seine Hand ihr entgegen. Sie ergriff Michels Hand wie einen Anker. Aufrecht stand sie neben ihm. Johannes war bereits an ihrer Seite. Michel und Johannes sprachen mit Kaspar und seinen Kollegen, die irgendwie blitzschnell zur Stelle waren.
„Ich habe mich von Shukran verabschiedet und Spuren hinterlassen", sagte Lissy mechanisch zu Kaspar. „Am Tatort liegt ein Fetzen einer Kartografie, dessen Abdruck in einem Buch meines Vaters ist."
In ihrem rätselhaften Blick suchte Kaspar eine Antwort, er seufzte und nahm Lissys Hand.
„Es tut mir unendlich leid für Shukran. In welchen Klauen hat uns dieser Wahnsinnige?"
Lissy nickte und entzog ihm seine Hand. „Es darf nichts mehr passieren, Kaspar, wir müssen den Mörder schnellstens finden!", merkte Lissy gereizt an.
Kaspar ging ein paar Schritte zur Seite. Offensichtlich frustriert fuhr er sich mit der Hand durch sein schlohweißes Haar. Seine buschigen Brauen zogen sich wie ein Gewitter über die kleinen hellblauen Augen. Übersinnliche Gedanken spürte er in seinem Rücken. Er sah sich rasch um und überlegte, was er als nächstes tun sollte, als er Lissy sah. Sie stand noch wie angewurzelt. Aufmerksam bis in die Haarspitzen beobachtete sie eine Schafsherde, schwarze Schafe.

„Das ist seltsam!“ Noch während Lissy die Worte halblaut sprach, wusste sie, was die schwarzen Schafe bedeuteten. Der Instinkt der Ermittler ließ Kaspars und Lissys Augen sprechen.
„Kaspar, erkundige dich nach einem Staatsanwalt, der Gustav mit Vornamen heißt. Shukran erzählte mir von einem zwielichtigen Kunstkauf, einer antiken Vase. Dieser Staatsanwalt wollte sich mit Shukran morgen um 21 Uhr im Berger Hotel in Siegburg treffen.“ Kaspars hellblaue Augen wechselten in tiefblau, das war die einzige Regung, die er zeigte. „Ich kümmere mich um dieses heiße Eisen“ und klopfte Lissy leicht auf die Schulter.

45: *Endzeitstimmung*

Der Mord an Shukran verbreitete irgendwie eine Endzeitstimmung. Kaspars Handy klingelte.
„Herr Heimberg, könnte der Tote selbst etwas mit den Morden an Heinrich von Berg und Tina Weber zu tun haben?“, gab die Staatsanwältin, für Kaspar ein bisschen zu schrill, ihre Frage durch. Eine Antwort wartete sie nicht ab. Frank und Guido hörten mit. Kaspar stellte den Lautsprecher wieder aus. Er atmete vernehmlich ein und aus. Kaspar starrte mit regloser Miene auf Ottos Mannschaft der Spurensicherung und brannte gleichzeitig darauf, an Infos über diesen Staatsanwalt zu kommen.
„WW ist mit seinen ersten Untersuchungen fertig“, unterbrach Guido dieses Fiasko.
„Ich würde mir angewöhnen, den richtigen Namen auszusprechen, es könnte die Staatsanwältin mal in der Nähe sein“, tadelte Frank seinen jungen Kollegen.
„Der Pathologe, Dr. Wilfried Winkler, wird uns gleich Bericht erstatten“, sprach Guido vornehm und deutlich.

„Wilfried, denkst Du, es ist der gleiche Täter wie bei Tina oder ein Nachahmer?“, fragte Kaspar, ohne sich um den Disput der beiden Kollegen zu kümmern.
„Höre ich da Gereiztheit über Frau Dr. Blümchen in Deiner Stimme?“
„Ja, Wilfried, wie gut Du mich kennst. Ich bin über die Staatsanwältin verärgert, so borniert zu sein, Shukran zu verdächtigen. Und lass sie nicht hören, dass Du ihren Namen verniedlichst“, tadelte Kaspar.
„Ich kann Dir sagen, dass es kein Nachahmer war, Shukran wurde von Tinas Mörder getötet. Ich arbeite durch bis ich dir alle Einzelheiten durchgeben kann.“
„Danke Wilfried.“
„Kaspar, lass uns einen Kaffe trinken und hier im Restaurant-Café mal alles sacken lassen, wir stecken fest“, bemühte sich Frank um eine Pause und klopfte Kaspar auf die Schulter.
Kaspar nickte. Guido informierte Otto, dass er nach Abschluss der Untersuchung auch ins Café kommen sollte.
Abgeschirmt in einer Nische des Restaurants, ließ sich Kaspar wenig später schwerfällig auf den bequemen Sessel nieder, während Frank seine Notizen sortierte.
„Guido schau doch mal, ob es einen Staatsanwalt mit dem Vornamen Gustav gibt.“
„Habe ich gleich Chef“, deutete Guido mit einem fokussierten Blick auf sein Smartphone. Unverhohlen meinte Frank: „Das ist aber ein heißes Eisen.“
„Er heißt Gustav Waiden“, flüsterte Guido.
„Und hat der Herr Dreck am Stecken?“
„Vielleicht“, recherchierte Kaspar, „könnte er mit zwielichtigen Kunsthändlern zu tun haben und hatte ein Treffen mit Shukran für morgen in Siegburg vereinbart.
Kaspar trank gierig an seinem Kaffee und rieb sich die Hände. Der Kaffee mit einem Klecks Sahne regte Kaspars Energie wieder an.

„Beginnen wir Kollejen. Bei Frau Dr. Blum wurde der Diebstahl der 13. Jahrhundert Kartografie gemeldet. Wer stellte den Diebstahl fest? Es kann genauso sein, dass der Diebstahl auf dem Weg von Kloster Michaelsberg Siegburg zum LVR-Museum passiert ist. Wir wissen noch nicht, ob diese Fahrt vor ein paar Tagen von Shukran durchgeführt wurde. Vielleicht war er nicht alleine. Also wer machte eventuell gemeinsam mit ihm den Transport der Kartografie vom Michaelsberg zum LVR-Museum?“, stellte Frank die Frage.
Kaspar nickte. Zu Guido gewandt bat er: „Kannst Du das bitte schnell klären?“
„Klar Chef!“ Guido hatte bereits sein Smartphone am Ohr und ging aus dem Restaurant in den Hof der Museumsanlage. „Glaubst Du daran, dass der Staatsanwalt zum Kreis der Mordverdächtigen zählt?“, beschäftigte sich Frank mit der Frage.
„Nä, als Mörder suchen wir ihn nicht, aber als schwarzes Schaf, er handelt womöglich mit Kunsthalunken“, antwortete Kaspar.
Ein bizarres Bild stellte sich ihnen dar. Frank tippte an die Fensterscheibe. „Ein halbes Dutzend Personen in weißen Schutzanzügen scharren sich um einen Polizeitransporter. Der rothaarige OK gestikuliert, als ob er der Dirigent einer Ufo-Mannschaft wäre“, beschrieb Frank die Situation.
„Frank, jetzt sag et auch rischtisch, dat is net der OK, sondern unser fleißiger Otto Knopp, Leiter der Spurensicherung“, meinte Kaspar gutmütig.
Otto trat kurz darauf zu ihnen an den Tisch und kratzte sich über seine Sommersprossenglatze. Wie immer schwitzte er unter dieser Kunststoffkapuze.
„Kaspar, wir haben die Spuren gesichert. Den Fetzen der Kartografie untersuche ich heute noch auf Fingerabdrücke. Es wurde kein Tatwerkzeug am Ort gefunden.“

„Danke Otto“, sagte Kaspar freundlich. Von Shukrans Handy brauche ich die Anruferliste.“
„Alles klar“, beeilte sich Otto und ging schnellen Schrittes zu seinem Transporter. Kaspar rieb sich das Kinn.
„Frank, für mich steht fest, dass wir die Antwort in Bergheim finden, weil der Mörder im Alter von Heinrich von Berg sein wird. Wir brauchen die Namen der Schulkameraden von Heinrich von Berg. Besser ist, wenn Du im Pfarramt anrufst und dir schnellstmöglichst die Erstkommunionliste des Jahrgangs von Heinrich mitteilen lässt.“
Guido kam schnellen Schrittes an den Tisch zurück. Seine aufgeregte Stimme ließ die angespannte Atmosphäre vibrieren. Er blieb stehen.
„Es ist bekannt, dass der Michaelsberg, aufgrund der Schließung der Benediktinerabtei, als offenes Haus zurückblieb. Die Abholung und vorübergehende Unterbringung im LVR-Museum wurde Hals über Kopf von den letzten Patres in Auftrag gegeben. Ein junger Mann, der in der Abtei als Aushilfsgärtner arbeitete, fuhr die Gemälde nach Bonn, bestätigte uns eben das LVR-Museum. Dort hatte er mit einer unleserlichen Unterschrift die Übergabe an der Pforte quittiert. Ein Pater kannte von dem Gärtner zumindest den Vornamen ‚Ricki‘, mehr ist nicht bekannt.“
Guido holte tief Luft und sank auf den schwarzen Ledersessel.
„Sehr gut Guido, dass ist die erste gute Spur“, lobte Kaspar.
Frank grinste breit und freute sich über Guidos Erfolg.
„Jetzt ruf mal die E-Mails des Kommissariats ab, ob vom Pfarramt St. Lambertus schon eine Info dabei ist.“
Kaspars Augen verengten sich zwischen einer tiefen Stirnfalte und schauten geduldig auf Guido. Frank krempelte die Ärmel seines Hemdes hoch, sein Herz klopfte und wunderte sich über die Abgeklärtheit von Kaspar. Er hatte den Mörder garantiert vor Augen. Guido räusperte sich

und drehte das Display so, dass Kaspar und Frank auf das Display schauen konnten. Kaspar genügte ein Blick, er nickte und bat den Kellner um die Rechnung. Frank und Guido schauten gemeinsam die Erstkommunionliste durch. „Da, dieser Vorname“, rief Frank aus. „Genau“, erwiderte Guido stolz. Kaspar informierte Justus.

46: *Jagdinstinkt*

Mit traurigen Augen verabschiedeten sich Michel und Lissy von Johannes und machten sich auf den Weg nach Hause. Für Lissy stand gedanklich auch fest, dass der Staatsanwalt kein Mordverdächtiger sein konnte. Aber sie würde ihm die Hölle heiß machen, wenn sich der Verdacht einer Kunstfälschung bestätigt. Alle Wut war dem Jagdinstinkt gewichen. Auf der Fahrt nach Hause grübelte sie darüber nach, wie sie sich gegenüber dem Mörder ihres Vaters, der auch Tina und Shukran auf dem Gewissen hatte, verhalten sollte, wenn sie vor ihm stand. Die Straße war trocken, auch noch kein Nachmittagsstau. Michel saß am Steuer und sah Lissy an, wie ihre Gedanken kreisten.
„Der Mörder drängt sich mir immer mehr auf, aber ich habe kein Gesicht vor Augen“: als bemerke sie es gar nicht, begann sie laut fokussierend ihre Gedankenarbeit mitzuteilen. In sich versunken, die Hände gefaltet, saß sie auf dem Beifahrersitz. In diesem Zustand hatte Michel sie noch nie gesehen, als ob sie in Trance wäre. Der nagende Schmerz über die drei Toten war allgegenwärtig und trotzdem überwog ihr Jagdinstinkt. Lissy blendete alles aus, versuchte nur, sich das Gesicht eines Täters vorzustellen, der eiskalt mit einem Messerstich einen Menschen tötet. Wie ein Blitz traf es Lissy. Und sie wusste, wer der Mörder war. Er würde auf sie warten. Lissy wurde ganz ruhig und schaute Michel an.

Michels fragenden Blick beantwortete sie nun mit innerer Ruhe: „Ich bin froh, dass Du bei mir bist, heimgekehrt, so wie ich."
Er nickte und sah aus dem Augenwinkel das entspannte Gesicht seiner Lissy. Michel hielt den Blick auf die Fahrbahn gerichtet und fühlte nach Lissys Hand. Er führte sie an seine Lippen und küsste sie zärtlich. Michel spürte, dass er Lissy glücklich machen könnte. Und doch beschlich ihn die Gewissheit, dass sie schon in Gedanken auf der Jagd war, der Mörderjagd.
„Lissy, Du weißt wer es ist?"
„Ja, ich weiß es!"
Sie nahm das erste Buch ihres Vaters aus ihrem Rucksack. Sie hatte es eingesteckt und wollte darin in Ruhe lesen.
„Gestern Abend bei Dir im Hause, hatte ich durch dieses Buch geblättert. Ich war übermüde und konzentrierte mich nicht. Als ich Shukran dort liegen sah, entstand ein Bild vor meinen Augen." Michel zog die Augenbrauen hoch.
„Moment Lissy!" Michel fuhr auf einen Parkplatz. Lissy lehnte sich an die geöffnete Autotür, während Michel sich eine Zigarette drehte.
„Als ich dieses Stück der alten Karte sah, war mir alles klar. Dir muss ich nicht erzählen, dass solche Kleinigkeiten mir ins Auge springen." Michel nickte.
„Ich weiß nun, es musste jemand gewesen sein, der uns damit mitteilen wollte, warum und wofür die drei sterben mussten. Der Mörder!"
„Der Mörder, der uns seine Wahrheit mitteilen will. Furchtbar!", betonte Michel.
„Genau!" Lissy redete ruhig und beherrscht.
„Im Fischereimuseum steht eine ca. 1,50 Meter große Statue der Heiligen Katharina. Sie befand sich auf dem Fischer-Altar in der Lambertus-Kirche. Du erinnerst Dich bestimmt an Erzählungen der Eltern, dass die Statue nach Abbruch des Altars in den 1960er Jahren verschwunden war und

wieder auftauchte und seit Eröffnung des alten Fischermuseums 1987 Bestandteil der Ausstellung ist.
„Klar", antwortete Michel, „ich weiß noch, dass die Hl. Katharina die Schutzpatronin der Fischereibruderschaft zu Bergheim an der Sieg ist. Und sie steht präsent im neuen Museum in der Mitte des Ausstellungsraumes, der sich mit der Geschichte der Bruderschaft befasst. Die Statue ist dargestellt mit einer Krone und dem zerbrochenen Rad. Sie ist aus Holz und von hinten ist ein Hohlraum vorhanden. Die Statue wird umgeben von dünnen Stahlseilen, die als eine Art Netz von der Decke bis zum Boden reichen und die Figur umschließen."
Lissy nickte: „So ist es. Das Motiv der Morde lag nicht bei der neuen Siegbrücke. Es geht um die Statue der Katharina. Und die Kartografie stellte nur symbolisch den Zusammenhang mit den Ahnen von Berg dar."
„Wie willst Du jetzt vorgehen", sorgte sich Michel.
„Lass uns zuerst losfahren." Lissy musste die Wahrheit aus dem Munde des Mörders hören. Sie empfand unendlichen Zorn und Abscheu. Gefährliche Gedanken für eine Jägerin. Der Typ ist krank, ist wahnsinnig. Der alte gelbe Posttransit überholte sie. Lissy hatte im Moment keine Augen für den Verkehr und nahm ihn nicht wahr. Die Fahrzeit würde eine knappe halbe Stunde dauern.
Kaspar rief an: „Kommt gleich in die Bergstraße, wir haben eine Spur!"
„Es geht los, Michel, die Jagd beginnt."
„Du bist ein mutiges Mädchen, deshalb machst Du nichts allein. Lissy, ich will Dich nicht verlieren. Ich möchte Dich heiraten!"
„So habe ich mir einen Heiratsantrag schon immer gewünscht. Während der Autofahrt", lächelte Lissy und gab ihm einen Kuss auf die Wange.

47: *Auf der Spur zum Täter*

Justus fiel es wie die Schuppen von den Augen.
„Das Elternhaus des Jungen am Katharinenaltar ist in der Bergstraße. Die Mutter galt als strenggläubige Verehrerin der Hl. Katharina. Sie hatte zwei Söhne. Ihr Mann ist mit einem Sohn in ihrem Nachen im Rhein ertrunken." Dieses Unglück hatte Heinrich in einem Buch beschrieben. Lissy und Michel waren eingetroffen.
Das Ende der Bergstraße führte abschüssig zum Siegauenparkplatz. Das alte Fachwerkhaus war vor Jahren grob mit weißer Farbe getüncht worden. Ein angerostetes Eisentor stand geöffnet und gab den Blick in einen kleinen Hof frei. Zwischen losen Steinplatten blühte Löwenzahn. Eine uralte Waschmaschine mit einem Gusskessel stand verkommen in einer Ecke. Ein kleiner Tannenbaum mit braunen Nadeln wurde dort irgendwann wahllos eingepflanzt. Der einstige Anstrich der alten Haustür war nicht mehr zu erkennen.
„Wir haben etwas gefunden", hörte Lissy Kaspar sagen. Schweiß lief ihm über das Gesicht, es war stickig im Haus. Gelbe Gardinen beheimateten jahrelangen Tabakrauch. Zwei vollgestopfte Zimmer mit altem Mobiliar. Im dritten Zimmer war es aufgeräumt, ein Schlagzeug stand im Raum. Dort stand der Name „Rickys Band". Auf einem Regal lag ein schwarzer Fahrradhelm. In dem kleinen Flur führte eine schmale Holztreppe steil nach unten. „Der Kellerraum ist ein Drecksloch", warnte Kaspar Frank und Guido. Sie traten auf einen Lehmboden. Die Zeit hatte hier seit vielen Jahren stillgestanden. Mit der Taschenlampe strahlte er den Raum mit gleißendem Lichtstrahl ab. Ein Grablicht flackerte in einer Friedhofslampe. Es dauerte ein paar Sekunden bis Kaspar sich den Raum vor Augen führen konnte. Aufgereiht an einer Seite sah er drei einzelne, in Größen verschiedene

Holzräder von Bollerwagen oder Pflanzwagen. An einer Seite aufgebaut auf ein paar Betonfliesen stand ein kleiner Holzaltar mit einem alten eingerahmten Bild mit der Hl. Katharina mit dem zerbrochenen Rad. Der alte Holzrahmen war geschnitzt und das verschmutzte Glas ließ die Gesichtszüge der Katharina kaum noch erkennen. Aber das zerbrochene Rad zu ihren Füßen genügte, um zu wissen wer dargestellt war. Auf einem Holzregal standen etliche Blechdosen. Die Taschenlampe enttarnte das verblichene Etikett „Virginischer Tabak – nur Blüten". Eine Dose war auffällig gekennzeichnet:„Virginische Wurzeln: Giftig".
„Das ist die Mordwaffe an Heinrich von Berg, Virginische Wurzeln", erklärte Kaspar. Im kleinen Flur hing eine Urkunde. Es stand darauf:

Graf Adolf I von Berg
Übergebe einen Teil der landeshoheitlichen Rechte von Bergheim an den Anton von Berg, Hüter meiner Schafherde.
Anno 1298 Kartografie des 13. Jahrhunderts*

Diese Urkunde hatte Heinrich von Berg in einem seiner Büchern abgebildet. Eine Kopie der verschwundenen Kartografie aus dem Michaelsberg hing hier. Ein Fetzen der Originalkarte wurde am Tatort bei Shukran gefunden. Die Abbildung war im Buch von Heinrich die Rückseite von Nr. 65. Er, Anton der Schäfer, meinte offenbar in seinem Wahn, dass er einer von Berg sei. Lissy stand im Flur und schaute wie gebannt auf die Abbildung der Urkunde. Was Kaspar entdeckt hatte, kam ihr vor, als hätte sie schon alles gewusst. Aber wo war das Original? Dass hier die Kopie hing, entlastete im Nachhinein Shukran. Was für ein Hass unter diesem beschaulichen Fachwerkhaus.
Lissy wurde klar, dass sie wissen musste, wie ihr Vater mit diesem Menschen verflochten war. Michel stand besorgt neben ihr.

„Lass uns gehen, die Zeit ist reif", sagte Lissy mit beherrschter Stimme und ging ohne sich umzudrehen zum Auto. Sie wusste, dass Michel folgen würde.

48: *Beim Schäfer*

Ein alter gelber Posttransit stand auf dem Parkplatz unter den Pfeilern der Siegbrücke. Lissy wusste, wo sie diesen Wahnsinnigen finden würde: Hinter dem Deich am Siegufer. Es war später Nachmittag. Wären die Taten nicht so eine Grausamkeit, könnte man sich über diese warme Temperatur freuen. Springkraut und Wasserlilien färbten das wilde Ufergebüsch sommerlich. Eine Entenfamilie schwamm wie eine aufgereihte Perlenkette weg vom Ufer. Mücken tanzten auf der Wasseroberfläche und ein vorwitziger Fisch übte einen Salto. Lissy schlich zu einer uralten Pappel und lehnte sich einen Moment an.

„In diesem Paradies lebt ein Wahnsinniger. Und das Grausame daran, er schöpfte seine Lebensenergie aus dieser Natur", murmelte sie vor sich her.

Ein Platz mit zertretenem Schilf bildete ein großes Nest. Dort stand Anton. Hedi, das Mutterschaf lag tot neben ihm. Frisches Blut rann aus ihrem Nacken. Anton putzte das Jagdmesser mit einem Hirschhorngriff an seiner Hose ab. Das, was Lissy sah, jagte ihr Schauer über den Rücken, ihre Härchen an Armen und Nacken stellten sich auf. Trotzdem war ihr Herzschlag ruhig. Den Wahnsinnigen galt es zur Strecke zu bringen, nur das zählte in diesem Augenblick. Und Lissy musste es tun, für ihren Vater und ihre Freunde. Niemand konnte sie davon abbringen.

Sie stand Anton gegenüber, zwei Meter voneinander entfernt. Seine wettergegerbte braune Haut und der kräftige Körperbau ließen ihn jünger aussehen, als er wahrscheinlich war. Der Hund lag zu seinen Füßen. Lissys Gedanken

waren nur auf diese Situation ausgerichtet. Graf, seinen Hund, würde Anton jetzt töten und dann war sie dran – oder würde er sich töten? Sie wusste, dass sie körperlich unterlegen war.
„Anton, Du scheinst mich zu erwarten."
„Ja, ich wollte von Dir gefunden werden, hast lange gebraucht."
Er atmete schwer. „Ich muss sagen, dass mich Dein Kommen für all die Erniedrigung belohnt", sagte er.
„Ich kenne Dein Geheimnis", schleuderte ihm Lissy entgegen.
„Dann sag es endlich", rang er nach Luft. Sie erregte seinen Zorn, aber er musste sich jetzt beruhigen. Endlich war er am Ziel. Lissy bewegte sich kaum. Ihre Stimme war klar und laut.
„Du rächst die Vergangenheit! Man sagt, Du lebst in einem Wahn. Ich sage Dir ins Gesicht, Du bist ein feiger Mörder!"
„Hör auf, das ist nicht die Wahrheit", schrie er eigensinnig. Lissy winkte ab. Sein selbstgerechter Ton widerte sie an.
„Rache an meinem Vater, ist das Deine Wahrheit?"
„Rache? Nein. Gerechtigkeit! Er war der größte Verfechter für den Bau der neuen Siegbrücke. Meine Familie musste das Schafshaus verlassen, unsere Heimat."
Anton blitze sie mit seinen grünen Augen wild an. „Die Katharina ist mir erschienen und hat Deinen Vater, den berühmten Heinrich von Berg verdammt", zischte er.
Jetzt war das Motiv für Lissy klar. Das ist Antons Wahn, Heinrich von Berg, der in seiner Vorstellung von der heiligen Katharina verdammt worden war, zu töten. Und Lissy, als Nachfahrin derer von Berg, musste er strafen, in dem er alle, die ihr lieb sind, ermorden wollte.
„All das Unglück", sprach er. „Mutter starb am Namenstag der Katharina am 25. November, da holte ich die Figur aus der Kirche." Lissy überlegte, bevor sie sprach, und dachte krampfhaft nach. Was ist ihm heilig? Welche Ereignisse

haben sein Leben in die Krise geführt? Mit was verletzte ihr Vater ihn so sehr, dass er wahnsinnig wurde? Was bestärkte ihren Vater, dass er Recht hatte?

„Möchtest Du die heilige Katharina zurück haben?" Sie sah blutunterlaufene grüne Augen. „Nein, jetzt nicht mehr. Dein Vater hat sie mir weggenommen, er hat mir alles genommen, meine Heilige Katharina mit dem zerbrochenen Rad."

„Weißt Du, was das zerbrochene Rad bedeutet?", hielt Lissy ihn hin. Sie fuhr gleich fort: „Das zerbrochene Rad deutet auf unsere zerrissene Lebenspläne. Zerbrochene Lebenspläne können uns selbst zerstören, wenn wir starr festhalten an unseren Vorstellungen. Du hast in Deinen zerstörerischen Träumen gelebt, Anton, niemand hat Schuld daran."

Anton beugte sich über Graf, seinen Hund. Es war fast ein idyllisches Bild.

„Wir haben genügend Beweise für die Dinge, die Du getan hast", sagte Lissy. „Niemanden der Toten trifft eine Schuld."

„Es war die Kränkung, Lissy, diese Erniedrigung vor der ganzen Welt von Deinem Vater", erinnerte er sich und streichelte seinen Hund.

„Das ist Graf Nummer zwei. Er kennt die ganze Wahrheit." Ein Jagdgewehr lag neben ihm. Mit dem typischen Breitkrempelhut sah er wie ein braver Schäfer aus. Sie erinnerte sich wie Justus verdeutlicht hatte: „Die Sprache des Wahnsinnigen verstehen lernen."

„Das ist gut, Anton, Hunde sind die treuesten Freunde."

Lissy staunte über sich selber. Sie sah, wie er ein Stück Papier aus seiner Manteltasche holte. Lissy war in diesem Moment bewusst, dass es seine letzte Nachricht war. Anton warf ihr das Papier vor die Füße. Lissy bückte sich nicht, sie blinzelte und versuchte die Wörter zu lesen: *„Aus den Tiefen der Sieg."*

Ein Bussard kreiste mit seinen weiten Schwingen über ihnen.

„Du wirst mir Gesellschaft leisten, Lissy. Du lebst nur noch, weil wir beide gemeinsam sterben."

Lissys Bauchgefühl riet ihr, ihn zu provozieren.

„Woher hast Du Dein Cappy und den schnittigen schwarzen Fahrradhelm? Du warst hinterhältig, hast Deinen Neffen bestohlen."

„Du hast den Kopf voll wie eine arrogante Kuh, Du sollst aber denken wie ein genügsames Schaf. Ich habe mir geliehen, was im Moment wichtig war."

Er strich zärtlich über sein Messer.

„15 cm lang?", hielt ihm Lissy vor. „Du hast Tina damit getötet, von hinten. Ein feiger Mord!" rief ihm Lissy mit lauter fester Stimme ins Gesicht. Antons Wangen glühten, aus seinen Augen schossen scharfe Blitze. Lissy spürte, dass er sich in die Enge getrieben fühlte.

„Hast Du mit dem Gewehr Shukran angeschossen?"

„Ja, Ihr jungen Leute seid schnell, da musste ich bremsen, bevor ich mit meinem Messer zustechen konnte."

Es knisterte im Gebüsch. Lissy zuckte zusammen, Anton stand ungerührt auf der Stelle.

„Wo ist die Original-Karte des Herzogtums? Wie hast Du fertiggebracht, diese zu stehlen?" „Das musst Du mit meinem Neffen besprechen. Aber halte Geld bereit, er hält immer die Hand auf für einen Gefallen."

Zweige raschelten. Ob der Neffe im Hinterhalt steht?, fragte sich Lissy. Lissys Hand griff langsam in ihre Jackentasche und umfasste ihre Pistole. Anton streichelte seinen Hund und murmelte zärtliche Worte zu ihm, die Lissy nicht verstehen konnte. Lissy hatte ihr Handy an, weil das die Bedingung von Kaspar war. Wolken zogen sich plötzlich zusammen, eine eigenartig scharfe Brise wehte von der Sieg über sie hinweg. Graf, der Hund, grunzte und fiel zusammen. Anton hatte blitzschnell sein Messer in seinen

obersten Halswirbel gestoßen. Blut spritzte. Lissy sprang einen Schritt zurück.
„Du beherrschst das Töten mit dem Nicker wie ein Meister."
„Auch Dein Vater konnte es", antwortete er höhnisch. Lissy wurde es kotzübel und das Blut rauschte in ihren Ohren. Ihre Stimme klang gefährlich scharf wie ein Jagdmesser.
„Warum hast Du Tina getötet? Warum an die Siegfähre gelockt? Es ging doch um mich. Um meine Familie. Warum hast Du Shukran getötet?"
Wütend hörte sie auf zu reden und sah ihn nun gefühllos an.
„Aus den Tiefen der Sieg bekam ich den Auftrag, ich fühlte die Kraft der Mächtigen. Tina und Shukran waren Deiner nicht würdig, sie passten nicht zu einer von Berg", brummte er. Jetzt war Lissy verblüfft. Blitzschnell sammelte sie ihre Gedanken. Er putze das Messer an seiner Hose ab. Lissy schluckte den dicken Kloß in ihrem Hals herunter.
„Warum hast Du Vater vergiftet mit diesem Virginischen Tabak?"
Anton grinste wie eine Fratze und seine gelben Zähne zeigten sich.
„Weil er unseren Tabakanbau zerstört hat. Er sollte langsam krepieren, den Tod durchs Messer hatte er nicht verdient", berichtete er genüsslich.
„Du wirst nie einer von Berg sein, Du Abschaum, Du Mörder!" Lissys Herz raste. Diese Szenario würde sie beenden und war bereit sich auf ihn zu stützen. Ein Schuss hallte. „Lissy!!!"
Anton schaute ungläubig auf seinen Bauch, Blut quoll heraus. Das Jagdmesser hielt er krampfhaft in der Hand. Lissy fühlte sich plötzlich wie gelähmt, sie sah es! Das Jagdmesser stach er in sein Herz. Er sackte zusammen und fiel neben Graf, seinen toten Hund. Anton hatte sich zuletzt selber gerichtet. Plötzlich waren alle da. Kaspar war als erster bei Lissy. Er stand zuletzt hinter Anton, hatte sich dorthin geschlichen.

Kaspar hatte Lissys Leben gerettet. Wieder mal. Ihre Blicke hielten sich für einen Augenblick fest. Sie hörte das Kiwitt des Steinkauzes. Dann scheuchte Kaspar alle vom Tatort. Von seinem Tatort. Anton war tot. Hatte er sein Ende so gewollt? Kaspar musste Lissy retten. Er winkte Frank und Guido zu sich, sie mögen Otto und Wilfried rufen, damit alle Spuren gesichert wurden und Anton in die Pathologie abtransportiert werden konnte. Michel wartete auf dem Deich auf Lissy, er durfte nicht zum Tatort. Michel nahm sie in den Arm. „Lissy, ich weiß nicht wie ich es aushalten soll, wenn Du demnächst Tür an Tür mit der Mordkommission arbeitest?" Sie löste sich und lächelte ihn an.
„Du brauchst Dich nicht zu sorgen. Ich kann das."

49: *Kaspars Bericht*

Frank hatte in Antons Elternhaus zwei beschriebene Schulhefte gefunden. Sie waren sein Tagebuch gewesen. Die Hefte hatten einen schwarzen Umschlag und die vergilbten Blätter waren liniert. Kommissar Kaspar Heimberg saß inzwischen in seinem Büro. Auf dem Schreibtisch befanden sich Beweisstücke und Franks Notizen. Frank und Guido lungerten um ihn herum, irgendwie wollten sie nicht alleine sein und vor allem Kaspars Bericht als erste hören.
„Kollejen, setzt Euch in en Eck und lasst mich arbeede." Er schmunzelte. Der Kommissar diktierte seinen Bericht dem Aufnahmegerät: „Wo jetzt die Brücke steht, war früher Winterquartier der Schafherde mit einem Holzhaus für die Schafe. Der Vater von Anton züchtete auf einer kleinen Fläche Virginischen Tabak, diese Pflanze ist hochgiftig, nur die Blüten nicht. Heinrich von Berg hatte ihnen ihr Paradies zerstört, die unberührte Natur mit dem Schafshaus und seines Vaters Tabakzucht. Dass die Brücke einstürzte, deutete Anton als Rache der Heiligen Katharina. Schon

Antons Vorfahren verehrten die Hl. Katharina mit dem zerbrochenen Rad, die auch Schutzpatronin der Fischer ist. Die Figur aus der St.-Lambertus-Kirche war in den 60er Jahren verschwunden und fand für ein paar Wochen Unterschlupf im Schafshaus. Heinrich von Berg hatte sie dort entdeckt und zurückgeführt zur Aufbewahrung bei einem Fischerbruder. Denn die Figur sollte in das Fischereimuseum. Anton verzieh Heinrich diese Tat. Als Antons Mutter, die übrigens den Namen Katharina trug, starb, waren die Geschichten, die sie ihm als kleiner Junge von der Legende der Heiligen erzählte, wieder gegenwärtig. Sie war das Band zu seiner Mutter." Kaspar reckte sich. „Das passt auch zu dem, was er in seinem Tagebuch geschrieben hat. *„Der Herzog von Berg sei ein Seelenverwandter von ihm gewesen und habe Katharina mit dem zerbrochenen Rad auch verehrt. Heinrich musste aber, wie immer, recht haben und hatte alles, was Anton von seiner Mutter erzählt bekam, widerlegt. Er löste damit all das auf, was Anton geblieben war. Und da sei ihm die Hl. Katharina im Traum erschienen und habe Heinrich von Berg verdammt. Damit begann Antons Feldzug.*

Kaspars Telefon klingelt. „Herr Heimberg, ich bin froh, dass Sie den Fall gelöst haben, aber ich hörte von einem Tatvorwurf des Neffen von Anton."

„Ja, Frau Staatsanwältin, er wird gesucht wegen Diebstahl der wertvollen Kartografie. Es war nicht Shukran."

Er war ein kleines bisschen schadenfroh, ihr dies sagen zu können. „Und Frau Dr. Blum, Sie erhalten noch heute meinen Bericht, auch über die Verdächtigung des Staatsanwaltes Gustav Waiden wegen der Manipulierung eines Kunstobjektes."

Die nächsten Sekunden fiel kein Wort. Er hörte aber ein Seufzen von Frau Dr. Blum.

„Herr Kaspar, das sollten wir mündlich besprechen. Diese Verdächtigung gehört nicht in den Bericht des wahnsinnigen Schäfers."

„Ich denke, Lissy von Berg wird nächste Woche mit Ihnen deswegen Kontakt aufnehmen, es fällt ja in ihr Ressort", meinte Kaspar. Und einen schönen Tag wünsche ich Ihnen!", beendete er das Gespräch.
Er wandte sich seinen Kollegen zu. „Jetzt raus mit euch Kollejen, ich habe gleich einen Termin", versuchte Kaspar so ernst wie möglich zu sagen.
„Das Herrengedeck beim Schorsch", lachte Guido im Herausgehen.
Und wieder war ein Fall gelöst. „Menschen am Abgrund, die Bedrohliches deutlicher sehen und gute Eigenschaften des Gegners bagatellisieren. Ereignisse werden verzerrt wahrgenommen. Menschen am Abgrund sehen nur noch das, was der eigenen Meinung entspricht. Das durch Hass getriebene Abrutschen geht immer schneller. Die moralische Hemmschwelle sinkt und mit ihrer Rache sausen sie in den Abgrund bis zur Selbstvernichtung. Sie töten und zerstören sich am Schluss selbst."
Lissys brillante Analyse ging Kaspar durch den Kopf. Sie hatte Nervenstärke bewiesen, als sie sich in Antons Klammer befand. „Lissy ist eine gute Polizistin", war ihm klar. In seinem Bericht würde stehen, dass Lissy für eine Woche im Dienstaustausch bei der Mordkommission ermittelte. Sie waren ein gutes Team.
„Morgen werde ich es ihr sagen."
In dem gelben Posttransit hatten sie Antons Fahrrad gefunden. Das letzte Beweisstück. Sein Handy klingelte: „Kaspar, Ding Herrenjedeck wartet. Komm, Maach Fierovend."
„Schorsch ich komme!"
Kaspar nahm seine schwarze Lederjacke von der Stuhllehne, löschte das Licht in seinem Büro und ging hinaus in die kühle Abendluft. Er wollte schnell nach Hause. Dat Herrenjedeck war jetzt fällig und en lecker Supp von Grete. Er wollte mit dem Auto nach Hause und dann zu Schorsch um die Eck. In

dem Fiesta, der sein Lieblingsdienstauto war, legte er eine CD von BAP ein und verharrte noch einen Moment.
Wolfgang Niedecken sang: *„Aff un zo ess alles herrlich, aff un zo janz erbärmlich, aff un zo jeht einfach alles schief.*
Aff un zo hätt mer verloore, aff un zo weed mer öhm sieh Glöck bedroore, aff un zo hällt mer die Uhre stief.
Manchmohl nimmste alles leich un manchmohl fällt dir alles furchtbar schwer …

50: *Das neue Leben*

Was für ein wundervoller Tag. Der Himmel leuchtete in einem Kornblumenblau, wie Tinas Augen. Die großen Libellen tanzten in der Sonne auf und nieder, um in einem großen Bogen zu schwingen mit ihren pastellfarbigen Flügeln dicht über der Wasseroberfläche des Amphibienteichs. Michel und Lissy gingen diesen mit buntscheckigen Blättern übersäten Weg. Das Sonnenlicht wechselte die Blätter in eine in Gold scheinende Farbenpracht. Brennnesseln wucherten im satten Grün. Das wild gewachsene Springkraut, das manch schönen Ausblick versperrte, zeigte mit den vereinzelt umgeknickten Stängeln, dass sich in ein paar Wochen wieder die Vergänglichkeit des Sommers ankündigte. Hand in Hand gingen sie, vorbei am stillen träumenden Discholls, einem Altarm der Sieg. Das Fischereimuseum spiegelte sich im Wasser wie ein roter Leuchtturm mit dem Restaurant „Bootshaus". Sie kamen an der kleinen Holzbrücke an. Ein paar Schritte weiter standen sie an der Siegmündung. Dort, wo die Sieg in den Rhein fließt, an dem Ufer gegenüber der Rheininsel „Kemper Werth". Und wieder mal ein wunderbarer Blick von der geheimnisvollen, mystischen Siegaue, hinein in den weit sich öffnenden Fluss, den Rhein. Das passte einfach alles hierher zur Kultur der Menschen. Die Fähre mit naiver Malerei von Josef Hawle

verschönt, fand immer ihren Weg inmitten von Tankschiffen und romantischen Fahrgastschiffen.
Heute war Lissys erster Schritt in ein neues Leben. Hat der Ruf aus der Vergangenheit immer mit Wahrheit zu tun? Wessen Wahrheit? Sie war dem Ruf gefolgt über grausame Hindernisse. Ihr Vater war ermordet worden. Ihre besten Freunde waren ermordet worden. Tina Weber würde eingeäschert werden, gab ihre Mutter bekannt. Anschließend wollte sie eine Seereise machen und Tinas Asche würde dem Wasser übergeben. Lissy war traurig darüber. Tina schien damit für sie endgültig verschwunden zu sein. Aber sie wusste, die Erinnerung an sie war für immer in ihrem Herzen verankert. Die Eltern von Shukran Fischer wollten ihn in die Heimat seiner ägyptischen Mutter überführen lassen. Das war schön und tröstete Lissy. Shukran würde dort beerdigt, wo seine geistige Heimat war. Das war auch der Wunsch seines deutschen Vaters.

51: Das Vermächtnis

Justus hatte in Heinrichs Schrank einen Brief gefunden und Lissy gegeben. Sie las die Schriftzüge ihres Vaters. „Für Lissy". Jetzt erst wollte sie den Briefumschlag öffnen und den Brief lesen. Zwischen zwei Wurzeln einer uralten Pappel schmiegte sie sich eng an ihren Stamm. Es war ein Baum der Ahnen. Der Brief in ihren Händen zitterte leicht.
„Meine liebe Tochter, mein Glück. Ich habe alle meine Bücher in Gedanken Dir gewidmet. Sie alle sind Dein. Du sollst darüber verfügen. Es sind meine Tagebücher, mein Lebensbekenntnis. Meine Wege in meinem Leben, meine Wegweiser. Verzeih, wenn manches sich im Rückblick als Fehler erwies. Im Moment der Gegenwart war es meine Wahrheit.
Manchmal vergaß ich zu fragen, wessen Wahrheit hat mein Gegenüber. Es waren die Tiefen der Sieg, die historischen und die

heutigen Gegebenheiten, die mich fesselten. Du machst es besser Lissy, das flüsterte mir unser guter Engel, Deine Mutter.
Geh Deinen Weg mit Zuversicht und höre zuerst Deiner inneren Stimme zu, bevor Du urteilst. In Liebe Dein Vater."
Michel überlies sie ihren Gedanken. Er saß neben ihr auf einem Basaltstein am Ufer der Siegmündung in den Rhein. Lissy seufzte.
„Ich bin so froh, dass Vater mir diesen Brief geschrieben hat. Und ich bin glücklich, dass Du letzte Nacht bei mir warst!"
„Das könnte immer so sein", streichelte Michel sie zärtlich.
„Lass den Kopf nicht hängen", meinte Lissy, „ich muss ein paar Wochen in Vaters Haus leben, um Abschied nehmen zu können."
„Komm, lass uns über die kleine Brücke und um den Mondorfer Hafen gehen."
Rudi der Schwan flog über sie hinweg. Michel nahm es als gutes Omen. Er würde zurückkommen. So wie sie beide, die Kinder der Siegaue, zurückgekommen waren.
Für heute war die Jagd zu Ende. Lissy wollte nach Hause, in ihr Elternhaus. Michel verstand sie gut.

52: *Einführung als Kommissarin*

Lissy saß in der Küche ihres Vaters vor ihrem Notebook. Diese unglaubliche Geschichte würde sie niederschreiben. Ihr Blick wanderte über die Wiesen bis zu den Baumwipfeln der Siegaue. Auf der Bank vor dem Fenster saß ein Hausrotschwänzchen. Sie spürte, dass sie ganz genau beobachtet wurde. Es war schön, wieder zu Hause zu sein. Morgen begann ihr erster Arbeitstag als leitende Kommissarin für Kunstraub im Polizeigebäude Troisdorf.
Als sie am nächsten Tag zu ihrer neuen Dienststelle kam, standen auf den beiden Tischen im Sitzungszimmer zwei Blumensträuße und ein Tablett mit Sektgläser. Nikki sor-

tierte ein Büfett in der kleinen Teeküche. Sven und Gerd mussten ihr mal wieder im Wege stehen, in der Hoffnung eine Vorspeise zu erpressen.
Lissy trug einen braunen Hosenanzug; der figurbetonte Blazer und der dezent elegante Schnitt betonten ihre Weiblichkeit. Ihre blonden, schulterlangen Haare fielen sanft auf den Reverskragen. Das sportliche beige T-Shirt fiel lässig über die Hose und war ein gelungener Kontrast. Die Ereignisse der letzten Woche hatte sie reifen lassen.
„Gerechtigkeit will ich und für die Wahrheit kämpfen", sollte ihr Wahlspruch sein.
„Vater hatte sich so auf diesen Tag gefreut, wenn sie eingeführt würde in den Dienst." Krampfhaft versuchte sie die Tränen zurückzuhalten. Kaspar Heimberg, ohne seine olle Lederjacke, stattdessen mit einem schicken anthrazitfarbenen Janker, stellte sich neben Lissy. „Veilchen für Dich", überreichte er mit einem schiefen Grinsen, „die wollt ich eijentlich selber pflücken, aber et Frühjahr ist ja vorbei. Hier die sin jezüchtet."
„Du machst eine gute Figur", lächelte Lissy, „janz Jentlemann." Kaspar schüttelte noch kurz den Kopf, als er Guido im sportiven T-Shirt sah, mit blauen Buchstaben auf weißem Grund: „Marathon, Guidos Lauf".
„Dieser Montag steht für das Polizeikommissariat Troisdorf unter einem guten Stern. Nicht nur die neue Abteilung für Kunstraub unter unserem Dach zu wissen, sondern auch Lissy von Berg. Ihr analytischer Verstand und Jagdinstinkt, der ihr in die Wiege gelegt wurde, sind die besten Voraussetzungen unserer neuen leitenden Kommissarin für Kunstraub Bonn/Rhein-Sieg im Troisdorfer Polizeigebäude. Wir sind sozusagen eine große Familie und Siegburg und Bonn ist ja nur um die Ecke. Heißen wir unsere neue Kollegin, Lissy von Berg, herzlich willkommen", prostete Kommissar Kaspar Heimberg allen zu.

„Lissy et es schön, dat de do bess." Lissy freute sich ehrlich, in diesem Kreis arbeiten zu dürfen. Jeden von ihnen hatte sie die letzte Woche kennengelernt. Jeden mit seiner eigenen Denkweise. „Danke Kaspar, danke Euch Allen, dass Ihr mich in eure große Familie aufnehmt."
Frau Dr. Blum führte Lissy an einen Tisch voller Überraschungsgeschenke.
„Kommissarin Frau von Berg, mit einem besonderen Buch über Tipps im Umgang mit Menschen wünsche ich Ihnen viel Erfolg."
Kaspar schmunzelte, er konnte sich den Inhalt vorstellen. Wie immer sah Frau Dr. Blum sehr elegant aus, diesmal in einem schwarzen Kostüm mit rotem Seidenschal. Sie drückte ihren Dutt zurecht und prostete allen zu.
„Bitte, Frau Staatsanwältin, ein leckeres Häppchen vom Büfett?", lotste Nikki sie von Lissy weg. Frank, der im gleichen Jahr wie Lissy geboren war, aber durch seinen Kahlkopf etwas älter wirkte, stand im saloppen Zweireiher unschlüssig neben der Tür. Lissy schaute sich nach ihm um.
„Frank, vielen herzlichen Dank für Dein Geschenk", lächelte Lissy.
„Ich weiß jetzt auch, dass Du mich nicht betrunken machen wolltest, damals."
„Ich fand Dich einfach hinreißend sympathisch", lächelte Frank.
„Ich hoffe, das siehst Du immer noch so", schäkerte Lissy mit ihm.
„Es ist toll, dass Sie bei uns im Haus sind", gab Guido mit einem festen Handschlag preis. „Danke", freute sich Lissy.
Guido konnte es kaum erwarten, Frank auf die Seite zu ziehen.
„Was hast Du ihr geschenkt?, erzähl mal", drängte ihn Guido. „Mensch, Du und Deine Neugier", lachte Frank ihn aus.

„Einen kleinen Piraten von Nici, sie war damals als Piratin verkleidet und ich neckte sie mit den Worten: ‚Meine kleine Piratin!'"
„Hier Lissy, von mir jett für Leib und Seele." Kaspar gab ihr einen Umschlag in die Hand. Lissy lachte aus vollem Herzen, als sie den Umschlag öffnete. Danke Kaspar, das ist echt für Leib und Seele. Ein Gutschein bei Schorsch, beim Wirt „Ob de Eck."

Ende

„Nur wer Veränderungen annimmt,
ist der wahre Lebenskünstler"

Danksagung

Besonderer Dank gebührt meinem Mann und meinen Söhnen mit ihren Frauen, fürs Mut machen und den festen Glauben an die Vollendung dieser Geschichte. Besonders meinem Mann für die Unterstützung bei den Recherchen und die Fürsorge und Geduld während der Entstehung dieses Romans. Ohne sein „Rücken-frei-halten“ hätte ich es nicht geschafft.

Einen herzlichen Dank an Kriminalhauptkommissarin Renate Braun für die Einblicke in die Polizeidienststelle Troisdorf und die vielfältigen und spannenden Anregungen über die Ermittlungsarbeit der Kriminalpolizei. Vor allem, war sie mir mit ihrer Sensibilität eine kompetente und verlässliche Begleiterin dieser Handlung. Dadurch wurde dieser Roman aufgewertet.

Einen herzlichen Dank an Franz König, der von der Geschichte überzeugt war und deren Umsetzung erst möglich machte. Er gab dem Krimi mit seinen klugen Tipps den letzten Schliff.

Einen herzlichen Dank an Heinrich Brodeßer für Informationen hinsichtlich regionaler Recherchen und seine ausgezeichneten, unnachahmlichen Erzählungen unserer Heimatgeschichte.

Einen herzlichen Dank an Christine Hawle für den wunderbaren Sinnspruch: „Nur wer Veränderungen annimmt, ist der wahre Lebenskünstler“ und die vielen anderen weisen Sätze.